ett steg i taget…

Layout: Erina Falk och Rinda Öhrström
© Rinda Öhrström och Gull-britt Allansdotter 2020

Förlag: BoD – Books on Demand, Stockholm, Sverige
Tryck: BoD – Books on Demand, Norderstedt, Tyskland
ISBN:978-91-7851-171-6

ett steg i taget…

skriven av Gull-britt Allansdotter
och Rinda Öhrström

Samtal mellan mor och dotter, mellan två resegenerationer.

Jag kallades för mistluren när jag skrek, skrek efter mat så
att mamma och farmor fick hjälpas åt att mata mig.
Var jag så hungrig…
Var det bara mat jag skrek efter…
Eller…?
Var tomhetskänslan inom mig en längtan som var för svår
för min (en) mamma att tillfredsställa?
Kan man vara född med omåttlighet?

Reslust för kropp och själ, svårighet att stå ut med
enahanda dagar och nätter.
Behov av omväxling, nyfiken på allt, energi från det nya,
det outforskade och oprövade.
Varför är gränslandet med sina osäkra hängbroar så
lockande?
Kanske äventyrslusta? Kanske dödslängtan?
Jag tror stundtals att en människa lever och dör och föds
igen under sitt liv, liksom våra celler…
Så förnuftigt vetenskapligt ändock så obegripligt.

Inledning

Jag var tjugoett år och tillsammans med flera andra unga radikaler bodde jag i ett rivningshus på Majorsgatan. Arbete fanns det gott om och man kunde pröva på alla möjliga olika yrken men bostäder rådde det brist på. Jag hade tidigare prövat på att bo som inneboende, en gång i Hökarängen och en gång i Stureby.

I Hökarängen råkade jag ut för en hyresvärdinna som hade mycket åsikter om vad unga kvinnor borde göra och inte borde göra. Ena dagen propsade hon på att jag skulle samla porslin, lakan, handdukar och örngott till min brud- kista. Nästa dag kunde hon komma inraglandes i sällskap med ett par män, alltid olika män, och sluddra om religiösa seanser med pastor Imsen. Pastor Imsen var en på denna tid karismatisk ledare inom Maranatarörelsen. Privatlivet blev minst sagt lidande…

I Stureby bodde jag kort hos en ensam frånskild man som totalt tappat förnuft och förstånd. Så efter dessa erfarenheter syntes rivningskontrakt och tomma hus som ett bättre alternativ. Eftersom Stockholm var på väg att saneras på flera håll så stod många hus tomma så vi var ett antal bostadslösa som flyttade in i lämpliga och lediga hus. Nackdelen var att man när som kunde komma hem och finna att man var utkastad och det var inte alltid det fanns sådan lyx såsom vatten, spis och lyse. Men jämfört med att bo inneboende så var det ändå mycket bättre och friare. Blev man utkastad så fanns det alltid något annat tomt hus att flytta in i.

På Majorsgatan bodde vi i varsin lägenhet och där fanns både vatten, el och gas. Lås ordande var och en och det var mestadels hänglås. Då vi inte var skyddade av samhället försökte vi hjälpas åt att skydda varandra från tjuvar och dårar.

Så att bo i en kappsäck fastän på hemmaplan gjorde mig van vid uppbrott. Att resa fanns redan i mitt blod och jag hade tidigare liftat till Tyskland och vidare genom Europa till Istanbul.

En kväll i Kungsträdgården 1967 visade en kille mig bilder av vackra tempel i Indien och jag trodde knappt att det var sant att sådana platser fanns. Jag kände mig frusen och förstenad i både kropp och själ efter en lång vinter och det fanns inget som band mig hemma så det krävdes ingen större eftertanke innan jag packade och gav mig av. Vid Kungens Kurva fick jag lift med en lastbil och där började det som skulle bli en tre år lång resa.

turkiet

Istanbul

Moskéer skriker ut
Allah ser allt
Små skoputsare ber turisters skor få blanka
Kärror fyllda med persikor drages längs med gatan
Kringlor trädda uppå pinne mättar hungrig mage
Arbetares svett torkas av på trasig byxa
Länk mellan Europa och Asien
- I form av båt.

Istanbul –där väst och öst möts.

Under bönetimmarna stoppades trafik och handel. Allt stod stilla. Jag satt ofta vid Bosporen och drack turkiskt kaffe, starkt och grumligt i små dockskåpskoppar. Båtar från hela världen seglade in och bort och skoputsare gick runt med sina lådor i väntan på kunder.

I basarerna låg den ena boden efter den andra tätt ihop. Ett helt kvarter med tusentals små butiker. Där fanns högvis med mattor, stora och små, knutna med växtfärgade ullgarner. I tyghandlarens bod fanns bomull, siden och sammet i alla färger som lockade och pockade på uppmärksamhet. Skräddare satt vid sina symaskiner sysselsatta från morgon till kväll och i kryddbodarna fanns jutesäckar fyllda med väldoftande kryddor. I varje affär jag tittade in i bjöds det på kaffe eller te och det var näst intill omöjligt att tacka nej.

Då jag endast hade ett fåtal plagg med mig inhandlade jag ett par skor med långa böjda snabelspetsar längst fram och en vid klänning i midnattsblå sammet med guld- och silverbrodyrer samt ett par sidenbyxor och en liten jacka i sammetstyg.

Jag kände mig som en turkisk prinsessa när jag strosade runt i staden i dessa praktfulla klädesplagg.

Jag bodde på taket av ett hotell i Sultanahmet området och sov i min sovsäck under öppen himmel. Ett billigt boende som passade bra i hettan. Bredvid fanns en moské och från den stack en minaret upp vid takterrassen så nog visste vi när gryningen kom och när skymningen föll. Böneropen gick rakt in i örat och att sova vidare var en omöjlighet.

Vi låg där som silkesmaskar insvepta i våra sovsäckskokonger och vid gryningsropets *"Allahu Akbar"* slets vi ur vår enskildhet och våra drömmar. Förvandlingen från puppor till dagsländor började.

Klädda i sidenrockar och tofsprydda fezer framstod de tre musikanterna som österländska sagokungar. Jag fick syn på dem utanför en restaurang i Sultanahmet och kände mig genast dragen till dem och den mystiska sfär som omgav dem. Då de gick in på en restaurang följde jag efter och slog mig ner vid ett bord nära deras. Jag iakttog dem och studerade deras lugna stolta hållningar och lyssnade till deras lågmälda samtal där varje ord syntes genomtänkt innan det uttalades. Bredvid dem stod deras instrument lutade mot väggen. Två stränginstrument som liknade lutor med vackra pärlemorinlägg runt resonansöppningen och ett blåsinstrument med en hög, klagande ton som påminde lite om en säckpipa till ljudet.

Fast de inte visade att de kände sig iakttagna måste de ha märkt mitt intensiva intresse och som för att ytterligare fånga och trollbinda mig grep de med eleganta gester efter sina speldon och började spela sig in till mitt hjärta. En uråldrig melodi fylld av gångna tiders skeden. Tid och rum försvann och då tonerna klingade ut var jag fortfarande trollbunden och såg på dem som genom en guldspunnen slöja.

En av de tre musikanterna steg sedan fram till mitt bord och bjöd mig att sätta mig vid deras. Efter att ha druckit ett glas te och rökt en vattenpipa tillsammans i en samförstående tystnad inbjöds jag att följa med dem till deras bostad i närheten för en privat musik konsert. Vi tågade iväg och jag behandlades som en högt vördad gäst och kände mig hedrad.

Deras bostad var som väntat svept i samma sago-
skimmer som de själva och jag placerades på en stol, som
på en tron, och framför mig började de spela. Golvet var
av tjockt glas, små rutor i olika färger, och när ljuset
strömmade upp underifrån lyste rummet upp i olika färger.
En ljusshow såsom på en stor konsert som ytterligare
förstärkte magin.
I bakgrunden hängde ett porträtt på den engelska
drottningen och i mitt minne förblir de för alltid "de tre
österländska kungarna".

Jag vandrade runt i stan, lite här och lite där, och njöt av
värmen och att vara iväg och på väg. Jag hade ingen
detaljerad resplan, ingen karta och ingen brådska men ville
så småningom vidare österut. Här i Istanbul var livsrytmen
och pulsen i en annan takt än hemma och jag älskade
denna stad från första stund. Fast det ofta hände att händer
vidrörde mig i smyg stoppade detta mig inte från att röra
mig fritt och frimodigt i staden.
Någon dag då jag planlöst gick runt i stan träffade jag
på en man som var delägare i en krog i utkanten av
Istanbul. Vi pratade lite och han erbjöd mig jobb på krogen
mot mat och husrum. Idén syntes mig utmärkt, ett bra sätt
att dryga ut reskassan samt äntligen få möjlighet att äta
ordentliga måltider. Krogen kallades "üç chef", de tre
kockarna. Jag fick ett eget rum och sattes genast i arbete.

"Vad är det som får en att välja?
Rätt plats vid rätt tillfälle och plötsligt så har hela ens
tillvaro förändrats och nya dörrar öppnats.
Väljer man själv, är det slumpen eller allt redan
förutbestämt?
I sådana fall varför plågar sig människan så ofta med att
ångra val?
Hur mycket man än planerar kan man ju inte styra över
eller undvika allt.

Mina arbetsuppgifter varierade och jag fick rycka in där
det behövdes. Uppe på taket låg köket och där fanns även
en uteservering. På förmiddagarna satt jag ofta däruppe
tillsammans med andra och preparerade "börek", trekants-
formade degbitar som fylldes med fårost och sedan
friterades. Många sådana gick åt under dagens lopp så
stora högar staplades som förberedelse inför rusningen.
Ibland serverade jag men oftast fick jag stå utanför och
agera inkastare och ropa "base talevar!" -varma fisken
väntar!
(Jag vet inte hur det stavas eller om det ens stämmer men
jag minns fortfarande tydligt hur jag glatt stod där och
ropade högt till förbipasserande.)
Krogen var välbesökt vid lunch och middagstid och
efter mörkrets inbrott sökte sig sömnlösa nattsuddare dit
för att ta sig några glas. Regeln var att hålla öppet tills sista
gästen behagade att gå hem och stundvis höll sig nattgäster
kvar ända tills gryningen kom. Mycket sömn fick jag alltså
inte och nästa dag var det åter igen full fart.
De manliga gästernas flörtande och närmanden gick lätt
att skämta bort men det var svårare att värja sig från del-
ägarens envisa och ihärdiga uppvaktande. Väl i säng ville
jag ingenting annat än att sova de få timmar som gavs men
varje natt när jag precis krupit ner under täcket kom han in
för att ge en godnattkram och försöka stjäla några kyssar.
Han kunde sitta kvar länge på sängkanten och jag vågade
inte somna in innan han gett sig av. Det kändes ofta som
om jag inte hunnit mer än att blunda innan det var dags att
hoppa upp och sätta igång igen.
Efter ett tag började jag undra om betalningen inte var
lite dålig. Jag stördes av delägarens nattliga visiter och
ihärdiga försök men jag trivdes med de andra som arbetade
där och det höll mig kvar. Andan och stämningen var

lekfull och den dagliga rengöringen och avspolningen av golvet slutade ofta med ett vattenkrig under skratt och stoj.

Under en av dessa vattenlekar sökte jag fly den våta strålen och rusade skrattandes ner för trapporna mot baren. Trapporna var lite ojämna och enbart inställd på att undgå att bli blöt steg jag fel och stötte höger fots ena tå. Stöten var rätt kraftig och smärtan kom omgående. Desperat grep jag efter en flaska raki och för varje glas lättade värken. Smärtan bedövades och jag tyckte att det gick bra att fortsätta jobba. Lite ostadig men vid gott humör och fri från värken.
Rusets bedövning upphörde dock efter några timmar och tån var alldeles svullen och smärtan nu än mer intensiv. Delägaren oroade sig mycket och insisterade att jag skulle uppsöka ett sjukhus.
Kanske såg han även en chans att få vara hjälte och beskyddare?

Han körde mig till en mottagning där patienterna gick omkring i trädgården runt sjukhemmet i olikfärgade pyjamasar. En del hoppade runt på kryckor, andra gick runt med omlindade huvuden eller armar i stora gipspaket. Väntan blev kort och doktor nr.1 tittade och vred lite på min svullna tå. Därefter tillkallade han doktor nr.2 som tog mig till röntgenrummet och tog några belysta tåbilder. Sedan fick vi vänta ett bra tag och såg doktor nr.2 springa fram och tillbaka med jättestora bilder av min lilla tå uppsatta på en stålhållare. Efter en lång väntan kom tillslut doktor nr.1 tillbaka och jag fick lägga mig ner på en behandlingsbrits. Han smorde in tån med olika salvor och visade mig röntgenplåtarna. En spricka syntes men inget var brutet och han sa att det skulle självläka.
Men fortfarande går tån ej att räta ut så helt rätt var det kanske inte. Även pyjamasen vart jag blåst på. En sne tå är ju dock också en minnesbeta.

Efter några veckors tid av slit för mat och husrum fick jag slutligen nog av klubblivet. Visserligen gjorde jag inte av med några pengar men jag kunde ju inte heller spara eftersom jag inte fick några. Fritid fanns inte och nyhetens behag hade falnat. Delägarens eldiga uppvaktning glödde dock fortfarande och vart tillslut alltför enerverande och sömnbristen kändes outhärdlig så jag bestämde mig för att återvända till gatorna och friheten.

Mörkret var i antågande då jag lämnade klubben. Jag visste inte vart jag skulle ta vägen men när jag nu väl bestämt mig för att lämna klubben hade jag inte tålamod att invänta gryningen och dagsljuset. Jag gick tvärsöver gatan och följde Bosporen uppströms. När jag vände mig om upptäckte jag en flock män som ljudlöst smugit efter mig insvepta i mörkret. Klädda i kaftaner med huvorna uppdragna liknade de liemän och jag kände mig som ett ax som skulle skördas. Jag beväpnade mig med stenar och ökade tempot. Efter ett antal misslyckade försök lyckades jag slutligen finta bort dem. Rond ett kammade jag hem men nu gällde det att klara rond två och finna en lämplig sovplats.

En liten roddbåt vid Bosporen lockade och jag var på väg att kliva ombord och in under presenningen då jag hejdades av en man. Han såg mycket vänlig ut och hade ett förtroendeingivande sätt. Han tyckte att det var olämpligt för en ung kvinna att sova så oskyddat och erbjöd mig att följa med och sova hos hans familj som bodde i närheten. Mina instinkter sa mig att det inte var någon fara så jag tvekade inte att följa med.

Uppför stentrappor och med utsikt över Bosporen låg hans hus och där bodde han tillsammans med sin dotter och sin son. Området kallades Rumeli Hisar och det var ett lugnt område med hus i trä och sten och gränder i gammal stil.

Mannen var mycket gästvänlig och utan baktankar och så kom jag att lära känna familjen Tinaz.

Huset omgavs av en trädgård och det var ett grönskande paradis fyllt av solmogna tomater, gyllengula majskolvar dolda inuti skyddande blad och vindruvsrankor dignande av druvor. Även ett persikoträd fick plats och naturligtvis olika kryddsorter såsom salvia, bladpersilja och jeera. En mur av sten omgärdade detta paradis och en trädörr med ordentliga järnbeslag ledde ut till gränden. Även i detta område av Istanbul fanns rester av den gamla ringmuren som vittnade om långvarig historia.

Mamma Tinaz bodde inte i huset utan hade istället valt campinglivet vid Marmarahavet. Dottern Oya och jag åkte dit en dag och hälsade på henne och hon visade sig vara en slank kvinna snar till skratt. Hon hade långt och tjockt svart hår och var mycket vacker. Hennes tält var stort och högt i tak, turkiska mattor prydde hela golvytan, längst in stod en bekväm träsäng med snidade hörnstolpar och i ena hörnet fanns en hög spegel med träram. Hon syntes mig som en drottning med sin stolta hållning, sin skönhet och sin starka vilja att välja ett liv av friare modell än det fasta husboendet.

Jag blev kvar hos familjen Tinaz i några veckor. Familjen steg upp tidigt för att sätta igång med dagens bestyr. På förmiddagarna och sena eftermiddagarna då solen inte brände alltför starkt rodde vi ut på Bosporen för att fånga blåmusslor som vi sedan kokade och åt tillsammans med ris och färska tomater och kryddor från trädgården. Helt ljuvligt!

Med fångsten av blåmusslor följde dock miljontals med spindlar och ibland kändes det som om hela båten krälade. Första gången fick jag panik och dök blixtsnabbt ner i vattnet igen. De andra skrattade gott åt det och tyckte att jag var löjlig som skrämdes så lätt så i fortsättningen bet jag ihop. Jag ville ju inte att de skulle tycka att jag var sjåpig och skratta åt mig.

En dag i Rumeli Hisar ekade gränderna av hundskall blandat med människoskrik och smällande dörrar. *"Skynda, skynda"* manade Oya mig medan hon sprang mot deras port. Jag förstod att det var fara å färde och

följde skyndsamt efter. Väl innanför dörren och i säkerhet
kikade vi ut. En galen, dreglande och vilt skällande hund
höll hela området i skräck. Oya sa att den var rabiessmittad
och att få ett bett innebar att smittan överfördes vilket
kunde leda till döden.
Alla i området klarade sig denna gång men kanske den
fick tag i någon innan döden satte punkt för dess framfart.

Stelkrampssprutor och dylikt hade införts under min
barndom i Sverige men för övrigt var jag inte vaccinerad.
Medvetenheten och oron inför smittor var i princip
obefintlig och inget som man tänkte på eller talade om. En
del åkte väl på olika åkommor men då litade man i första
hand till lokalbefolkningens botemedel annars andra
medresenärer och apotek och i värsta fall fick man vända
hem för vård.

Att vatten kunde innehålla sådana smittor såsom kolera
och gulsot och att bakteriefloran var helt annan än hemma
vart jag medveten om under resans gång. Men värre saker
än plötslig och häftig diarré råkade jag inte ut för.
Små sår från skoskav eller sönderkliade myggbett kunde
lätt leda till allvarliga infektioner och lämna ärr för livet.
Man fick tampas med flugorna som ettrigt sökte komma åt
och rota i ens färska och öppna köttskafferi.

Jag fick finna mig i att leva familjeflicksliv då jag bodde
hos familjen. På kvällar och nätter fick jag bara gå ut med
manligt beskydd och ledsagades av sonen, pappan eller
någon vän till familjen. Efter mörkrets inbrott höll jag mig
därför för det mesta inomhus tillsammans med Oya. Jag
trivdes bra och kände mig som en familjemedlem och
behandlades som en dotter och syster. Men en kväll lyste
fullmånen vid ringmuren så lockande och jag kände
rastlösheten och reslusten rycka tag i mig och visste att det
var dags för mig att söka mig vidare.
Jag tog avsked av familjen och lovade att hålla kontakten
och sökte mig återigen tillbaka till Sultanahmet området.

Tron på Islam var stor hos alla och jag satt en hel natt och diskuterade detta med en turkisk kille. Han såg hela sitt liv; födseln, studier, giftermål, barn och sedan slutet var självklara punkter medan min livslinje bara bestod av två punkter; födseln och döden. Däremellan bara ovisshet. Jag kände då stor avund på en sådan bergsäker tro.

"Jag avundas alla de som innehava en stark tro, en tro på gud, sak samma inom vilken religion, en tro på sig själva eller på någon annan person.
Ja, oväsentligt var tron är förankrad om den är fästad på en stabil grund.
Själv tror jag på mitt hopp, mitt hopp om att någon gång finna tryggheten i tillvaron.
Tro identifierar jag mestadels med trygghet, eftersom om man tror äro ens liv uppbyggt på en trygghetsgrund.
I mitt fall är att så småningom finna tryggheten.
Ännu söker jag tron, den tro som är stabil, förankrad på fast grund.
– framtiden är dock allas vår möjlighet, vi formar själva våra liv."

Att följa Koranen innebar inte bara de fem bönestunderna varje dag. Respekten för fadern som familjens överhuvud innebar att följa hans råd och vilja. Familjens heder och rykte gick före individens vilja. En son bar vidare faderns namn och hade på sina axlar en massa påbud att förverkliga under sitt liv. Förväntningarna på denna unga killen var många och hans framtid redan bestämd.

Själv hade jag växt upp med en äldre syster och två yngre bröder. Ingen skillnad hade gjorts då det gällde frihet att välja livsväg och oavsett vilka val vi gjorde var det viktigaste alltid att vi var lyckliga. Helt nöjda var de väl inte alltid över mina val och ibland lade de sig förstås i men kraven och förväntningarna var få och vi fick själva styra våra liv. Vår mamma arbetade så vi syskon fick gemensamt hjälpa till hemma.

Under hela barndomen och ungdomsåren tecknade och målade jag. Jag tror att alla människor behöver en ventil för tankar och känslor. Att måla, sjunga, prata, skriva eller sporta är en del av dessa och att teckna och måla var min nödvändiga ventil. Jag hade inte svårt för skolan men den tråkade ut mig så efter realen hoppade jag av studierna. Jag hade ingen klar idé om vad jag ville "bli" utan följde impulser för att försöka hitta rätt och finna min livsväg. Att nå en "fin titel" inom yrkeslivet var inget jag strävade efter. En titel inom arbetslivet säger ingenting om själva personen, vem man är själsligen är ju viktigare än "vad" man är. Så måste det ju vara. Att söka min egen väg och att fritt få välja var för mig en självklarhet då jag inte hade upplevt föräldrars krav på livsval.

Hans föräldrar hade ett hus i Bebek men var för tillfället bortresta och då jag nu åter var bostadslös upplät han tillfälligt sin studentlya i Sultanahmet till mig och flyttade själv till föräldrahemmet. Bebek låg i utkanten av Istanbul längs med Bosporen och husen vittnade om att det inte var fattiglappar som bodde där. De flesta hade sina tjusiga båtar liggandes nere i hamnen och även hans familj var vid stadd kassa och bodde i en stor våning med magnifik utsikt över Bosporen.

Lägenheten jag fick låna var en liten etta på källarplanet med två små gallerförsedda fönster mot gatan. Utsikten var inte mycket att orda om, jag kunde bara se skor som klampade förbi. Köket vette mot en gemensam gård där en liten balkong gav mig möjlighet att se mina grannar.

Jag blev mer än förtjust då jag upptäckte flera katter som strök omkring på gården runt soptunnorna och eftersom jag älskar katter och växt upp med huskatt sprang jag fort iväg för att köpa mat till dessa hungriga fyrbenta vänner. Jag slängde ut färsk fisk till dem och nog blev jag populär bland katterna men inte hos grannarna. Med vatten och skällsord försökte de turkiska kvinnorna sjasa iväg inkräktarna men med mer fisk lockade jag tillbaka dem. Gården fylldes snart av katter och jag stormtrivdes.

Vid sängen stod ett litet bord och jag inhandlade apelsiner, vindruvor och bananer att ha nära till hands i en skål på sängbordet. Då jag senare på kvällen lyfte en av frukterna såg jag en mörk skalbaggeliknande insekt med långa spröt och sedan ytterligare en och ännu en. Skräcken grep mig som en klo då jag upptäckte att dessa okända varelser även höll till uppe i taket ovanför sängen. De var överallt. Natten igenom låg jag blickstilla, helt skräckslagen i en förlamad och stel position och betraktade dem. Jag var förvissad om att de var giftiga och vågade inte sluta ögonen förrän morgonen grydde och de spårlöst försvunnit. Detta var mitt första möte med kackerlackor men långt ifrån mitt sista. *Jag fylls fortfarande av obehag men ej längre av skräck över deras närvaro och deras ivriga rotande i mörker efter mat.*

Någon gång dagligen, antingen på morgonen, mitt på dagen eller framåt kvällskvisten styrdes stegen mot "Pudding Shop". Det var ett matcafé i Sultanahmet där alla vi så kallade hippies samlades och trivdes och det blev en andningsplats för att ventilera intryck och funderingar. Att tillsammans kunna få ur sig frustration, rädsla, trötthet och vilsenhet blev ett dagligt behov. För visst var det stundvis tufft att resa runt och man hamnade ofta i svåra situationer som man i stunden helst skulle ha velat slippa. Men det var ju från dessa händelser som man i efterhand drog lärdom av. Svåra situationer och konfrontationer öppnade dörrarna till ens undermedvetna och drog fram ens djupt dolda instinktiva reaktioner vilket i skyddade och invanda miljöer inte behövdes. Man lärde sig alltså mycket om sig själv och att ens gränser var oändligt vidare än vad man trott och smärtgränsen tänjdes hela tiden.

*"Att undertrycka sina känslor en längre tid leder enbart
mot en oundviklig explosion...
Ibland går det att undvika men ibland icke på grund av
blindhet.
Var finns hjälpen att se utvägar?
Vi måste spränga vissa barriärer för att kunna gå vidare
mot ljus och värme.
Det gör ont och frestelsen att undfly är stor.
Men det går inte att fly sitt öde, vi måste acceptera vår väg
och skapa öde..."*

På "Pudding Shop" stötte jag ihop med en svenska, en
amerikan och en nyzeeländare som reste ihop i amerikan-
ens bil. Svenskan och amerikanen var ett par och hade bott
tillsammans något år i Stockholm. Hon var inte särskilt bra
på att anpassa sig och envisades med att strosa runt i
kortkort kjol helt oförstående varför män ofredade henne.
Hon grät ofta och längtade nog hem.
Jag pratade mycket med nyzeeländaren som var en väldigt
sympatisk och vidsynt person och vi kom varandra mer
och mer nära.
  Jag hade nu blivit tvungen att lämna den lilla lägenhet-
en och sov lite här och där, ibland på något hotell, ibland i
någon av stadens parker.
En natt sov jag vid en moskéruin och tyckte att jag nått
förnedringens botten när jag vaknade upp av att höns gick
och pickade på mig. Nu ville jag bort från Istanbul och
söka mig vidare. Mina nya vänner var även på väg så i
amerikanens bubbla färdades vi så tillsammans österut.
  Vänskapen mellan mig och nyzeeländaren övergick
snart till något mer och det var länge sedan jag träffat en
kille som jag ville komma närmare. Till en början gick allt
bra men allteftersom vart svenskan mer och mer hysterisk.
Överallt jagades hon av män, på riktigt eller på låtsas? Jag
försökte tala med henne angående hennes minimala
klädval men utan framgång. Hennes pojkväns suckar blev
djupare och djupare och stämningen mer och mer tryckt.

När nyzeeländaren dessutom blev magsjuk blev det än mer olidligt. Hans tystnad och inneslutenhet framhävde hennes gråt och klagovisor ännu mer så till slut fick jag nog och bestämde mig för att lämna sällskapet och ta mig vidare på egen hand. Jag ville inte förstöra den känslan som från början uppstått mellan mig och nyzeeländaren och kände mig osäker på om hans tystnad och slutenhet kanske berodde på att hans intresse svalnat. Jag ville hellre ta mig vidare ensam och ha kvar ett bra minne av honom.

"Det blir så spännande med det främmande. Det obegripliga framstår i ett skimmer som en drömsyn och är ibland svårt att tyda och förstå. Men det kan också upplevas som ett hot som man angriper och vill försvara sig mot istället för att närma sig."

Jag hade nu lämnat mitt resesällskap och liftade ensam vidare och kom på eftermiddagen till en liten by. Solen lyste fortfarande men hettan började sakta avta. På kaféets uteservering satt männen och rökte vattenpipor. En del pillade förstrött på sina radband med en kopp turkiskt kaffe framför sig, andra var helt upptagna av ett parti backgammon. Att kaféerna var männens revir var en oskriven regel men fast jag inte såg några andra kvinnor där reflekterade jag inte över det utan satte mig dammig och törstig ned och beställde.
"Bir türk kahvesi" – En turkisk kaffe!
Jag satt försjunken i tankar och drack mitt kaffe, tittade längs med den lilla vägen men såg inget hotell och beslöt mig för att försöka ta mig vidare en bit innan mörkret föll. Efter kaffepausen gick jag och ställde mig på andra sidan vägen och väntade på en bil.
Jag märkte nu att allas blickar var riktade mot mig och att en skara barn hade samlats en bit bort. Någon enstaka bil passerade utan att stanna. Barnskaran närmade sig sakta och jag skymtade nu även några svartklädda kvinnor med hårt knutna sjalar på huvudena.

Jag kände mig uttittad och illa till mods och hoppades att en bil snart skulle stanna och ta mig därifrån.

Plötsligt träffades jag av en sten och jag tittade mig omkring för att se var den kommit ifrån men ingen rörde en min. De fortsatte att stirra och sakta, sakta närma sig. Obehagskänslan inom mig växte.
På en kulle bakom mig hade nu ytterligare en skara barn samlats. Än mer illa till mods stod jag kvar och strax kom ännu en sten flygandes, lite större än den första, sedan ännu en och ännu en. Stenarna blev större och större och gjorde ondare och ondare. Rädd för mitt liv skrek jag på hjälp i hopp om att någon skulle ingripa och få stopp på stenkastningen men blickarna som mötte mig var kalla och likgiltiga. Mörkret var nu snart på ingång och jag var livrädd att jag inte skulle kunna ta mig därifrån och hur detta skulle sluta.

Min tacksamhet var oändlig när en bil äntligen stannade och jag med livet i behåll men omskakad och med sår och begynnande blåmärken på hela kroppen kunde lämna byn. Jag kände mig fylld av obehag och kunde fortfarande känna deras kalla och likgiltiga blickar. Vad hade jag gjort för fel? En överträdelse mot deras oskrivna lagar.
Kontrasten mellan det invanda och det ovanliga kan skapa stora konflikter!

persien

- Vilsenhet under stjärnhimmel någonstans, varthän och varför?

Jag hade väntat mig att Teheran skulle vara ännu mer sagolikt och österländskt än Istanbul men brusande trafik och höghus raserade drömmen.
Medan min strävan och önskan var att gå djupare in i den österländska arkitekturen och kulturen strävade de efter den västerländska standarden. Detta var under Shahens tid vars västinriktning styrde och Amerika var idealet. Båda parter strävade efter förnyelse och jag som västerlänning som flytt undan västvärldens utveckling såg med sorg på hur gamla hus ersattes av skyskrapor och hantverk byttes mot masstillverkade ting.
En positiv sida av det var dock att kvinnorna rörde sig fritt på gatorna, var obeslöjade och hade större frihet än tidigare att studera och arbeta. Detta gjorde dem förstås mer självständiga och det gjorde det även lättare för mig som ensam tjej än i Turkiet.
Droger var ej accepterade och det ryktades om att man sköts ihjäl om man vart påkommen. Trots detta förekom det rätt så mycket men folk var självklart mer på sin vakt.

Jag fick tips om ett litet billigt hotell mitt i stan där de få resenärerna samlades. Ett betonghus med två-tre våningar. Där återsåg jag svenskan, amerikanen och nyzeeländaren. Nyzeeländaren var nu helt utmattad och utmärglad av dysenteri men trots allt glad att återse mig. De hade kommit dit ett par dagar tidigare och han hade legat säng-liggandes sedan dess och blev behandlad av läkare. Innan han åter slocknade hann vi prata en stund och han berättade att han hade bestämt sig för att flyga till Indien så fort han kom på benen.
Min budget tillät dock inget sådant luxuöst resande så vi enades om att han skulle invänta mig i Indien medan jag

skulle färdas den mödosamma men spännande landvägen.
Tanken att bara flyga över allting och några timmar senare
landa i Indien kändes overklig och lockade inte heller.
Men hade jag haft råd så hade jag nog följt med honom.
Hur hade allt blivit då?

På hotellet bodde även två fransyskor och då jag
fullständigt hade gett upp med att umgås med svenskan
såg jag fram emot lite tjejsnack med dessa båda. Men
deras engelska språkkunnighet var minimal så det blev
inget annat utbyte än enstaka ord, nickar och leenden.
Tyvärr. Fransyskorna hade en burk med små piller i som
de bjöd mig på. Jag förstod att det var någon slags drog
men hade ingen aning om vilken eller dess verkan men var
genast villig att prova. De sa att två var lagom men
storleken syntes mig så obetydlig så jag tog fyra.
   Jag vet inte hur lång tid som förflöt men plötsligt
befann jag mig i hotellkorridoren. Jag öppnade den ena
dörren efter den andra och i ett rum satt några och tittade
på en världskarta. Jag gick fram och stirrade på kartan.
Den tycktes mig fylla hela rummet och när jag tittade på
den återupplevde jag varje steg från Stockholm.
Det kändes som en omöjlighet att orka återvända, det var
alltför långt bort och alltför många steg. Det kändes lättare
att planlöst fortsätta framåt oviss om hur många och långa
steg som väntade. Jag visste ju vad som låg bakom mig
men inte framför mig och föredrog den ovissheten.
Skulle jag någonsin orka återvända?
   Nästa dörr jag öppnade ledde in till nyzeeländarens
rum. Han låg på sängen och såg så liten och sliten ut.
Alldeles för mager och blek. Jag blev rädd att han som jag
kanske skulle flyga iväg till andra världar och för att
förhindra det lade jag en massa stenar på hans mage för att
hålla honom kvar. Han verkade inte reagera över den
plötsliga tyngden utan låg still med dåsiga ögon i ett dval-
liknande tillstånd…nu lite tyngre…

Jag kände mig lite tryggare när jag fjättrat honom vid livet och visste var jag hade honom.

I nästa stund stod jag på balkongräcket. Jag tittade ner mot marken och upp mot himlen. Fullt övertygad att jag var kapabel till att flyga bredde jag ut armarna. Jag kände mig lätt som en fjäder och som fylld av helium. Jag var just i färd med att kasta mig ut då hotellägaren grep tag i mig och förde mig tillbaka in i rummet.

Han berättade att nyligen och till och med i samma rum hade en svenska dött av en överdos.
Hade hon också överskridit gränserna som jag? Drabbades alla nordmän av detta övermod?
Denna sorgliga historia förde mig åter till verkligheten och jag grät och grät tills jag slutligen somnade in.

Svenskan gav sig av i följe av hennes amerikanska pojkvän. Tillbaka till det säkra Europa och trygga Sverige där allt var normalt och man kunde gå i kort-kort närsom och varsom om vädret tillät. Det var nog lika bra det och jag tror nog inte att hon någonsin gjorde om en liknande resa eller drömde om att göra det…annat än i mardrömmarna… Charterresor till Mallorca räckte nog som äventyr och kulturupplevelse.

Kort därpå lämnade även nyzeeländaren och flög iväg till Indien så jag begav mig mot Afghanistans ambassad för att få mitt visum och kunna fortsätta vidare.

På vägen tittade jag in i en bokaffär och fann en liten poesibok skriven av en persisk poet, Omar Khayyam. Den var skriven på Farsi vars underbara tecken flöt som en vacker målning. Boken innehöll även ett antal illustrationer av mycket romantisk och sagoskimrande art. Trots att jag inte förstod ett ord av vad poeten skrivit tilltalade denna lilla klenod mig och jag tvekade inte att köpa den.

*– Än idag, eftersom jag fortfarande har kvar den fastän
nött av tiden och bläddrandet, tar jag fram den och
sjunker in i den sagoskimrande känsla som boken ger.*

Med min lilla bok i famnen fortsatte jag genom staden mot
ambassaden. Efter många steg såg jag en träddunge
bestående av unga träd med tunna stammar men vars
lövverk åtminstone gav lite nödvändig skugga i den alltför
heta solen. Min panna rann av svett och kläderna klibbade
så jag sökte en paus under träden.

Då jag satt där och pustade ut gick en ung man förbi.
Han var klädd i luftiga och löst hängande kläder och bar en
bok i handen. Medan han läste gick han fram och tillbaka,
sedan slog han högljutt ihop boken och rabblade halvhögt
på farsi fortfarande vandrandes av och an under träden.
Kanske var han en student som inför en tentamen hamrade
in kunskap? Sättet att göra det på tilltalade mig mer än att
låsa in sig i en kammare och vrålplugga.

Efter denna paus sökte jag snabba på för att inte missa
visumet denna dag. Ambassaden låg mycket längre bort än
jag tänkt mig och jag gick fel några gånger vilket gjorde
vägen ännu längre. Hettan blev än mer olidlig och utan
vatten svartnade tillslut allt för mig och jag svimmade.

När jag kvicknade till stod en lång och välklädd man böjd
över mig. Han frågade deltagande vad som hänt och hur
det stod till och jag bad om vatten vilket han genast
ordnade. Efter ett par klunkar kallt och uppiggande vatten
berättade jag för honom att jag var på väg till Afghanistans
ambassad för att ordna visum så att jag snarast kunde
komma till Indien och möta min pojkvän. Jag frågade vad
klockan var och förstod att jag inte skulle hinna denna dag
då det fortfarande var en bra bit kvar. Då han såg min
besvikelse sa han tröstande att han skulle försöka hjälpa
mig. Han skulle ta mig till några vänner som hade en
resebyrå och de kunde kanske ordna en flygbiljett till mig.

Jag blev jätteglad. Tanken på att komma ur det nuvarande eländet fick mig att utan att tveka följa med honom. Fortfarande omtöcknad orkade jag inte riktigt tänka klart och lämnade gladeligen över ansvaret till honom. I en taxi for vi först till hotellet och hämtade min packning, sedan åkte vi till ett ganska flott kontor i staden. Jag presenterades för ett par män med stora leenden och min "riddare" samtalade kort med dem som nickade och log ännu bredare. Därefter visades jag in till ett rum som låg i anknytning till kontoret och fick förklarat att det kunde ta någon dag eller ett par men till dess kunde jag utan kostnad få bo i rummet. Mycket trött efter denna ansträngande dag lade jag mig på sängen och somnade in och drömde om min flygbiljett.

Dagen därpå kom "riddaren" och en vän till honom i en bil och jag trodde att vi skulle iväg för att ordna biljetten men istället så kördes jag till ett palats.
I ett rum låg en fet Pascha på en divan som mödosamt reste sig upp och visade mig runt i sitt palats. Efter husesynen promenerade vi genom en stor och otroligt vacker trädgård och han sa,
"allt det här kan bli ditt."
Jag förklarade vänligt att jag skulle möta min pojkvän i Indien och varken kunde eller ville stanna och kördes därpå tillbaks till det lilla rummet.
Varje dag var det samma procedur men till olika palats med enorma trädgårdar,
"allt det här kan bli ditt"…
Jag förstod inte vad allt detta hade att göra med min biljett och började bli mer och mer rastlös och otålig och undrade över min flygbiljett. Men var gång jag frågade svarade de bara
"snart, snart".
Misströstan växte och slog rot och jag började undra vad som egentligen var på gång.

En tidig morgon innan soluppgången öppnade jag dörren till mitt rum och såg till min fasa två sovande vakter utanför. Nu började det äntligen klarna för mig och jag insåg att jag var inlåst och en vara som skulle säljas. Jag smög mig förbi de sovande vakterna och ut till friheten och förstod att en oförtjänt tur hade varit på min sida.

Senare under min resa fick jag höra talas om andra västerländska kvinnor som blivit av med sina pass och blivit sålda till rika mäns harem. Vita kvinnor stod högt i kurs här.

Hade min berättelse om flygbiljetten väckt medlidande hos paschorna eller hade de skrämts av att någon väntade på mig och kanske skulle söka efter mig? Risken var kanske för stor?

Hur kunde jag vara så naiv? Tro att jag skulle få något utan krav på gengäld.

En erfarenhet rikare och mer på min vakt lämnade jag Teheran och jag tackade min lyckliga stjärna att jag hade klarat mig.

Någonstans mellan Teheran och Mashad

Återigen stod jag vid en vägkant med tummen i vädret. Det var tidigt på morgonen och trafiken var gles. Van att lifta var jag även van vid att vänta. Efter en inte alltför lång väntan fick jag lift med en beskyddande medelålders perser. Han skulle hela vägen till Mashad som låg nära gränsen till Afghanistan men dock ej raka spåret då han hade arbeten att utföra längs med vägen. Då jag inte hade någon brådska hade jag inget emot det utan hoppade in.

Vi gjorde otaliga sidospår från huvudvägen för att han skulle göra diverse reparationer och serva vattenaggregat och medan han arbetade satt jag och väntade i bilen. Sakta, sakta färdades vi fram i ökenlandskap. Så långt ögat såg var det bara sand, sand och åter sand. Hettan var olidlig och jag var ständigt törstig. Vattenmelon dämpade brännandet i strupen bättre än vatten. Ibland kändes det som om hela bilen brann och jag gled in i ett dåsigt tillstånd som ibland förde mig in i sömnens famn. Men sömn i denna omänskliga värme var långt ifrån vilsam och gav ofta bisarra mardrömmar.

Jag började bli mer och mer otålig och det kändes som om vi åkte runt i cirklar och att jag för evigt var fast i bilen, öknen och hettan…

Han försökte ta hand om mig på bästa sätt och förutom skjutsen bjöd han även frikostigt på både mat och husrum. Trots att det var gratis hade det dock ändå sitt pris och trots hans vänlighet stod jag inte ut längre. Stoppen syntes mig till slut alltför många och alldeles för långa att jag valde att istället hoppa på en buss som snabbt och smidigt förde mig raka spåret fram till Mashad. Ett par korta stopp längs med vägen fick jag dock stå ut med. När moskéerna ropade ut och det var dags att be stannade bussen och passagerarna strömmade ut, slängde sina bönemattor på marken och vände sig mot Mekka och bad.

Känslan att inte vara beroende och utlämnad, veta att och när man kommer fram var väl värd det låga priset för bussbiljetten. Från och med nu stoppade jag ner tummen i fickan och tog mig istället fram med bussar.

afghanistan

Ökensanden blåste vid gränsstationen. På den Afghanska
sidan välkomnade gränspoliserna nykomlingar med vatten-
pipor fyllda av mörkaste "afghan". Att röka hasch här var
helt legalt och nyttjades av de flesta, tydligen även gräns-
poliser! Klädda i kaftaner och turbaner och med breda
leenden mottog de nya gäster in i landet och in i hasch-
dimman.

Att i naturen försöka hitta tecken på att en gräns går
mellan ett land till ett annat är inte lätt. Lika överraskande
varje gång dyker plötsligt en gränsstation upp mitt i
ingenstans. Att det kan bli en så knivskarp gräns mellan
länderna i kultur, språk och mentalitet, länder så nära
varandra endast skilda av en osynlig gräns känns så
underligt.
Att ta landvägen istället för att snabbt flyga gör att man
naturmässigt hänger med i förändringar men inte för den
skull kulturellt. När man kommer till ett nytt land måste
man alltid vara lyhörd för att anpassa sig och ta in och
försöka förstå såväl oskrivna som skrivna lagar. De
oskrivna lagarna är svårast att lära sig och ibland gör man
blinda övertramp. Jag hade lärt mig min läxa efter
stenkastningen i Turkiet.
   Uppenbarligen var i alla fall drogpolitiken en helt
annan här än i Persien men ändå låg känslan av att man
gjorde något förbjudet kvar. Men med stenade gränspoliser
vid min sida, delandes en bubblande vattenpipa kändes det
ändå rätt så säkert. Bara några meter bort, på den andra
sidan hade det gett långt straff. Konstigt hur det kan skilja
så.

Närmaste staden var Herat och den låg inte långt bort men
det tog sin lilla tid att slita sig från de gästfria värdarna och
deras pipor.
Bekymmerslös och med lätta steg svävade jag slutligen in i
bussen som var fantastiskt målad i olika färger och motiv.
Jag småpratade lite med de få andra resenärerna och väl i

Herat var vi en liten trupp som slutit samman för att finna
något billigt boende.

Klappret från hästhovarna genomljöd gränderna och
kvinnorna var totalt täckta i gråblå urblekta tyger med
endast små galler för ögonen. Husen var byggda i lera som
svalkade skönt i hettan.

Hotellet vi kom till var ett enkelt tvåvåningshus med en
liten trädgård på baksidan och i korridoren fanns en dusch.
Det var ett bra tag sedan jag hade sett en dusch, på senaste
tiden hade det varit en lyx så jag var mäkta imponerad. Jag
slängde ryggsäcken på sängen och svettig och dammig och
med tvål, schampo och handduk klev jag lycklig in i
duschen. Gud vad härligt att äntligen få tvätta av sig väg-
dammet som lagt sig som ett tjockt lager på kroppen och
täppte till varenda por. Trots upprepade försök kom dock
inte en endaste vattendroppe så med stor besvikelse klev
jag ut lika dammig och svettig som tidigare men istället för
glad och förväntansfull nu irriterad och besviken.
Jag tänkte hoppfullt att vattnet kanske var avstängt på
kvällen och skulle vara igång igen på morgonen för
duschen kunde väl ändå inte bara vara en icke-fungerande
dekoration…?

Morgonen därpå gjorde jag så ett nytt försök men
duschen var fortfarande lika snustorr och jag fick ge upp
drömmarna om en svalkande dusch och istället försöka
vaska av mig med lite vatten i en balja på gården.

Att dricka te och röka en vattenpipa på något av de många
kaféerna blev snart en morgonritual. Kylan från natten låg
fortfarande kvar och det varma, söta teet värmde gott. Man
satt på låga, breda bänkar täckta av mjuka vackra ullmattor
i konstfulla mönster och med bekväma kuddar som rygg-
stöd. Jag kunde bli sittandes länge och blicka ut på herdar
som förde sina fårskockar genom staden till betesmarker.
I århundraden hade Afghanistan liksom Persien varit känt
för sina mattor och dessa prydde inte enbart golv utan
sattes även upp som prydnad på väggen, användes som

överkast på sängen eller gjordes om till prydnadskuddar. Med färger från växt- och djurriket, knutna i fårull och ibland med inslag av kamelhår var dessa en stor exportvara och en stolthet bland Afghanerna.

De flesta kaféerna hade ett litet avskiljt rum för kvinnliga gäster och därinne kunde kvinnorna ta av sig sina täckmantlar och visa sina ansikten. Dit var även jag och andra västerländska kvinnor välkomna. Ett draperi skilde detta kvinnorevir från männens större utrymme, där kunde dock kvinnorna också få sitta men då "anständigt" täckta.

Att få se skynkena falla och ansiktena blottas var spännande. Från en flock med samma klädsel som dolde den personliga och individuella utstrålningen framträdde nu varje kvinna. Unga, gamla, vackra, glada, ledsna och trötta ansikten framträdde när ansiktsmaskerna avlägsnades och efter att ha sett det, kändes de täckande skynkena med ögongallret inte längre hotfulla eller skrämmande. Nu visste jag att där bakom gömde sig en helt vanlig kvinna. Jag kunde dock inte acceptera att kvinnorna tvingades dölja sina ansikten. Att en man skulle ha ensamrätt till en kvinnas skönhet gick jag inte med på.

Jag hade fått en diarré som inte ville ge vika och misstänkte starkt att det var fårköttet som jag ätit dagen innan som var boven och orsaken. Sedan dess hade jag sprungit stup i ett på toaletten. Att försöka äta något var helt uteslutet men även vatten satte fart på magen. Mina krafter tömdes och tillslut bar benen mig inte utan jag fick krypa fram och tillbaka mellan sängen och toaletten. Fram och tillbaka, fram och tillbaka…
Lyckligtvis uppmärksammade en snäll yngling mig och då han studerade medicin såg han det som sitt kall att hjälpa mig i min misär. Han kom ideligen med te och koltabletter och passade upp på mig. Det kändes tryggt att ha en så osjälvisk person som gjorde allt som kunde tänkas för att

jag skulle återfå min hälsa samt att få medlidande från
någon och inte vara ensam i min sjukdom.

En natt drömde jag att mamma och pappa kom i bil
med nya, rena lakan och pysslade om mig. När jag mådde
bättre erbjöd de sig att skjutsa mig vart jag ville.
Efter den härliga drömmen kändes det inte särskilt ange-
nämt att vakna upp i det kala och slitna lilla rummet i
svettiga, gamla sängkläder.
Efter ytterligare ett par dagar lyckades jag få i mig och
även behålla lite bröd och snart mådde jag något bättre. Nu
ville jag härifrån, fly från sjukdomen, stänga dörren och
lämna kvar den i rummet.
På svaga ben stapplade jag iväg till busstationen med min
följeslagare för att färdas vidare till Kabul. Iklädd lösa
Afghanska byxor med jättehäng satt jag längst bak i
bussen men kände mig själv långt ifrån avslappnad. Magen
gjorde sig med jämna mellanrum påmind och jag fick mer
än bråttom att hoppa av och dyka in i närliggande buskar.

Trots att Kabul var huvudstaden var det ändå ingen
storstad. Ingen storstadsstress och inte mycket trafik.
Husen var fortfarande enkla men låg tätare intill varandra
och ett av de få höghusen var hotell Hilton. Det kändes
absurt att en välkänd hotellkedja slagit upp ett stort
hotellkomplex i denna lilla och enkla stad. För vem? Var
detta början på en utveckling mot västvärlden likt Teheran
där fler höghus snart förväntades ploppa upp?

Liksom i Herat förde fåraherdarna sina hjordar genom
staden och då trafiken var lugn och förarna vana att vänta
fungerade ett samspel mellan får och fordon.
Fåren betydde mycket då de gav ull för att tillverka de
välkända afghanpälsarna som höll folket varma under de
stränga vintrarna och fårköttet var en del av den dagliga
födan.

Köttaffärerna sålde inte bara köttet utan skötte även
slakt och styckning. Lite dolt men dock ändå synligt

slaktades djuren på baksidan, sedan fläddes de inomhus för att slutligen hängas upp på framsidan för att locka kunder. De ivrigaste kunderna var dock ettriga flugor som svärmade och surrade kring köttstyckena. Några plastförpackningar med bäst före datum eller kontrollanter från hälsovårdsnämnden fanns inte här utan man fick lita på slaktarens yrkesetik och sedan restaurangens ärlighet. Inte konstigt att jag blivit magsjuk och sedan dess valt en köttfri kost.

Drogpropagandan var på den här tiden i princip obefintlig och vi visste inte mycket om biverkningar eller beroende. Vi sökte nya vägar och att komma bort från bestämda samhällsmönster. Vissa gick mot öst och dess filosofer, andra bröt oplöjda marker på hemmaplan. Inom de flesta områden sprängdes gränser och för att öppna dörren till insikt och nytänkande provades droger. Hasch, LSD och meskalin var vanliga nycklar som skulle hjälpa att öppna dörrar och spärrar.
Sinnena skulle väckas ur sitt halvdåsiga tillstånd och åter fungera som en urmänniskas. Många känslor och instinkter hade i generationer bedövats av samhällsanpassning och skulle nu få löpa fritt.
Revolution mot alla invanda mönster!
Eftersom det inte fanns så mycket kunskap om de negativa effekterna av droger, både kortsiktigt och långsiktigt, tyckte vi att det var konstigt att det var så förbjudet i de flesta länder. Kanske var det bara fördomar? Vi visste inte och därför prövade vi oss gladeligen fram för att få reda på fakta.
Men självklart så var inte droger det som band oss så kallade hippies samman utan det var bara en ringa del i ett sökande. Det handlade mer om en fördomsfri och tolerant livsstil utan kravets piska. Att öppna dörrarna till sina förnimmelser, drömmar och visioner och låta känslor och intuition få styra och leda vägvalet. Att vara nyfiken och

gå på upptäcksfärd i livet. Trampa på okända stigar utan att behöva skynda på stegen.

En utstakad framtid med arbete mellan 9-5 var ingen framtidsdröm. För mig syntes det som en långsam död. Att slösa bort livet på ett meningslöst och andefattigt jobb och sälja sig som löneslav tyckte jag var ett svek mot livet. Samtidigt som jag sökte mig ut i världen så var den inre resan lika viktig och lika djup.

Men i Kabul flöt dagarna ihop och upp i ett stort rökmoln och tanketöcken av haschrök. Det röktes från morgon till kväll i trädgårdarna utanför hotellen och vi diskuterade och filosoferade om det ena och det andra. Ibland kom vi på fantastiska lösningar på både våra egna problem liksom omvärldens men i gryningens bleka ljus framstod de inte längre lika klara eller genomtänkta.
I detta tillstånd vart även tragiska historier en kul underhållning. En kille hade sålt sin tjej för ett kilo hasch och så billigt som det var här var det rena rean.
Många vart kvar i vecka efter vecka, månad efter månad och jag är inte helt säker på om de någonsin kom vidare.
Jag mötte flera engelsmän som var på väg mot Australien för att starta ett nytt liv. Ryktet sa att det fanns gott om jobb där men de var petiga med vilka som släpptes in i landet. Vid ansökan om visum och arbetstillstånd kollades ens bakgrund noggrant och blodprov togs för att fastställa rasen.
Att bo och jobba i Australien fanns även som en tanke och möjlig framtidslösning hos mig.

Samtalen flöt fritt och ansvar och allvar kändes oändligt långt borta. Tokiga idéer poppade upp. Man visste aldrig när gränsen mellan plan och förverkligande överskreds men plötsligt var hjulen i rullning. Oftast var det varken särskilt genomtänkta eller konstruktiva idéer.

Tillsammans med ett engelskt par planerade jag att vi skulle låtsas sälja mig mot en lyxig middag och en utflykt upp i bergen. Sagt och gjort. Till en början gick allt enligt planerna och vi fick snabbt tag på en köpare. Han skjutsade oss upp i bergen och bjöd oss på en fantastisk middag. Vi åt och drack och blev mätta och belåtna och skulle nu försöka slingra oss ur överenskommelsen. Planen var inte särskilt detaljerad och långt ifrån genomtänkt så när han föreslog att vi skulle ta en promenad tänkte vi att vi nog skulle få tillfälle att smita iväg. Jag gick före med mannen och de andra höll sig tätt bakom. Åtminstone till en början. I haschruset glömde de bort planen och blev distraherade av annat på vägen. När mannen kastade sig över mig och försökte kyssa mig gav jag honom instinktivt en rungande örfil. Han var inte särskilt glad över utvecklingen och insåg nog att vi försökt lura honom så han tog ett grepp om mitt huvud och dunkade in det i en sten. Lyckligtvis kom mina vänner springande och räddade mig och vi flydde sedan snabbt.

Vissa läxor måste man lära sig hårdhänt. Lek kan lätt bli allvar och efter att nästan blivit såld i Persien borde jag ha insett allvaret.

På väg genom Pakistan mot Indien

Vid gränsen till Pakistan beordrades samtliga passagerare att ställa sig på rad utanför bussen. Ingen släpptes över gränsen utan att vara vaccinerad mot kolera så det var bara till att kavla upp ärmarna och vänta på sitt stick.

I högslätterna drog nomadkaravaner fram. Dromedarerna var lastade med nödvändigheter såsom kokkärl, mat och tält och stora hjordar av får vallades fram. Nomadernas livsstil tjusade och tilltalade mig. Detta vandringsliv i frihet och tältlivets friska och sunda boendeform var ett ideal jag helhjärtat gillade. Resandet och sökandet i mig var inte helt olikt nomadernas men jag gick ensam och var mer sårbar. Kunde jag kanske sluta upp med nomaderna eller var jag tvungen att skapa min egen karavan?
Var min stam hippiefolket?
Varför kunde vi i sådana fall inte sluta samman, vandra tillsammans och forma den värld vi så gärna ville leva i?
Än så länge hägrade en drömvision men hur den skulle kunna bli verklig visste jag inte.
Kvinnornas ansikten var otäckta och kläderna var smyckade med silvermynt som klirrade vid varje rörelse. Deras näsvingar var prydda med små nässtenar som strålade och glittrade då solstrålar träffade dem. Jag hade aldrig sett någon tidigare som smyckat näsan och tyckte att det var jättevackert. För att visa det samt att markera min vilja att visa tillhörighet med dem, dessa vandrare liksom jag, bestämde jag mig för att pryda ena näsvingen med en glittrande sten.

indien

21
TOURIST
Viseringar böra påtecknas i tidsföljd. · Il est recommandé d'apposer les visas dans
l'ordre chronologique. It is recommended that visas be entered in chronological order.
Es empfiehlt sich, die Sichtvermerke der Zeitfolge nach einzutragen.
No. 1549/68
Transit/Entry/Transit-cum-Tourist
Tourist Visa
Date of Issue July 8, 1968.
Date of Expiry
for the First Entry October 7, 1968
Good for Single Journey (s)
if Passport remains valid.
Period of Stay in India Three (3) Month
Second Secretary
Embassy of India, Kabul.
GRATIS

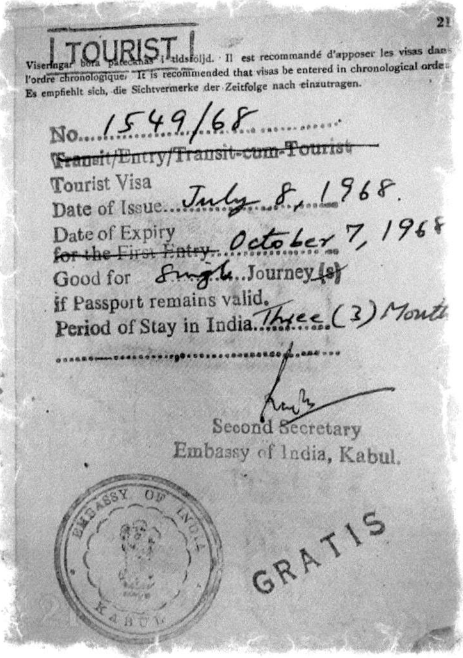

När jag gav mig av från Stockholm hade målet varit att ta mig till Indien och nu var jag alltså där. Mitt i Delhi.

Marken var full av röda fläckar som jag först trodde var blod. Barfota kryssade jag mig fram för att undgå att kliva i dem. Jag såg både kvinnor och män som med suddiga blickar frenetiskt tuggade på något och sedan spottade ut denna röda sörja.

Ganska snart gick det upp för mig att det inte var blod men jag äcklades ändå av åsynen och förstod inte vad det skulle vara bra för. Både tandkött och tänder såg anfrätta ut och deras leenden var knappast inbjudande utan skrämmande. Jag fick senare veta att det var betelnöt som hackades, rullades in i blad och användes som njutningsmedel i stora delar av Syd-och Sydostasien. Betelnöten stimulerade avsöndringen av saliv och saliven färgades tegelstensröd. Antog att snus säkert anses lika obegripligt och äckligt av många.

Indien skilde sig otroligt mycket från Mellanöstern. Utseende och klädsel var helt annorlunda samt sättet, kulturen och livsstilen. I vackra, glittrande saris med magarna bara gled kvinnor fram runt i staden till synes helt obesvärade av hettan och storstadsstressen.

Vilken utstrålning de hade! Det såg ut som om de klätt upp sig för bal på slottet och inte för att inhandla dagliga mat-varor på marknaden.

Intrycken var dock väldigt skiftande och kontrasterna stora. Det var svårt att ta sig fram i all trängsel av kor, rickshaws, bilar och människor. Ett fullständigt myller av rörelse, dofter och ljud.

Överallt fanns lemlästade tiggare. En del med medfödda men, fast fler med tillfogade skador i hopp om att vinna större sympati och få ihop tillräckligt med rupies att klara sig för dagen.

Jag kunde inte förstå hur stympningen av en frisk kropp skulle ge större chans till överlevnad. En mycket kortsiktig lösning som blev till en livslång misär, för alltid beroende av andra mänskors medlidande och hjälp. En del saknade ben och armar, somliga hade stuckit ut sina ögon.

En hand grep plötsligt tag runt min fotled och när jag tittade ner såg jag en mager och benlös tiggare ligga vid mina fötter. I trasiga kläder och med stora hungriga ögon riktade mot mig grep han allt hårdare runt min fotled och väste *"backshish, backshish..."*
Det var verkligen inte lätt att möta detta armod och jag var glad att jag inte bara landat här med ett direktflyg från Stockholm utan nu hade lite mer skinn på näsan.

Gav man till en tände man förhoppningarna hos de andra och de flockades runt en. Jag hade aldrig tidigare konfronterats med en sådan påtaglig och desperat fattigdom och skrämdes och kände en stor hjälplöshet inför det. Jag trodde aldrig att jag skulle kunna vänja mig vid dessa syner men det gjorde jag tillslut. Det var en nödvändighet för att stå ut.
Man kan nog vänja sig vid det mesta, utan att för den skull acceptera det.
Den djupgående bearbetningen av upplevelser och händelser tar tid. I nuet finns oftast bara tid till att försöka klara av det. Långt senare kan man sedan återuppleva förflutna händelser, få ett djupare perspektiv och börja nysta i det.

I den hinduistiska livssynen föddes man med ett karma som man bar med sig från föregående liv. Frukten av ens tidigare handlingar fick man så skörda i detta livet och den tillvaro man nu befann sig i hade man så förtjänat. Denna värdesättning förföljde en från vaggan till graven och var omöjlig att bryta.

De kastlösa hade inte ens nått den lägsta pinnen på karmastegen utan fick kämpa för att bygga upp sitt karma inför nästa återfödsel. Det var en lång väg att klättra men de levde på hoppet och tron och sökte hjälp och stöd från olika gudar. En mycket fatalistisk livssyn.

Jag hade alltid fått lära mig att alla människor hade lika värde och det var svårt, nästan omöjligt, att acceptera denna livsfilosofi där folk i fattigdom och lidande inte fick hjälp utan istället fick "skylla sig själva".
De fick stå sitt kast...
Ännu svårare att förstå var att de själva även ansåg sig vara mindre värda och lät sig förtryckas.

Drygt ett halvår hade det tagit mig att komma hit och färden hade varit minst sagt upplevelserik. Jag hade ju knappast skyndat på stegen och rusat blint mot målet. Har man för bråttom missar man så mycket och oftast finns det inte ens någon anledning att stressa. Sidospår hade lett mig till vackra platser och möten jag inte hade velat vara utan. Att resa under tidspress och hålla hårt på planer och scheman var inget för mig.
Impulser och nyfikenhet fick istället styra takten och riktningen.
Hur ska man i förväg veta vad som väntar en, hur man kommer att känna då, och hur lång tid det ska ta?
Jag utfrågades ständigt av nyfikna Indier var jag kom ifrån, vart jag skulle och vad jag ville med mitt liv. Vart skulle jag? Vad ville jag med mitt liv?
Att ständigt bli påmind om min vilsenhet och oklara framtid fick mig att känna mig låg och ännu mer vilsen.
Det var tänkt att jag skulle möta nyzeeländaren här i Delhi men det hade gått ganska lång tid. För lång tid för att det löftet vi gett varandra fortfarande verkligen gällde. Att hitta varandra i denna storstad utan att ha bestämt plats och tid var inte helt lätt. Men dock ej omöjligt.
Antalet unga västerlänningar på resande fot var ganska lätt räknat. Guideböcker hade vi inga men tips om billigt boende och billiga matställen spred sig snabbt oss resenärer emellan så därför hamnade man ofta i samma område och på samma hotell. Jag hörde mig för och fick efter en tids sökande besked att han fortfarande varit i så

pass dåligt skick när han anlänt hit att han varit tvungen att
fara hem för bättre vård.

Jag kände mig inte så ledsen för det utan tyckte nog att det
var rätt skönt att vara obunden och fri. Känslorna som
uppstått hade bleknat med tiden som gått och trängts till-
baka av mångfalden av alla nya intryck längs med vägen.

-Kameran ljuger aldrig...?
Kamerans bild är ingen osanning men fotot är bara en liten
detalj i det stora hela. Dofterna är frånvarande liksom ljud,
rörelse och andra känslointryck som tillsammans skapar
helheten.

    Att se tempelbyggnaderna med hela sin prakt och
otroliga former i verkligheten kändes trots allt overkligt
och inte riktigt som jag föreställt mig. Runt hela prakten
trängdes lemlästade tiggare ivriga att få ett par rupies,
hettan var tryckande och folkmängden kompakt. Currydoft
blandade sig med rökelsedoft och fotona jag sett på dessa
tempel i Stockholm hade inte kunnat förmedla denna bild.
Känslan som bilderna väckt inom mig då var helt annan än
att vara här och se och uppleva helheten.
För den skull var jag inte besviken, det var bara så mycket
mer.

Templen var alltid öppna, en plats där allting välkomnades
och få förbud fanns. Man kunde gå in och ta sig en tupplur
i skuggan eller sätta sig och äta –efter att gudarna fått sitt.
Även hundar, katter och apor var lika välkomna och
strövade fritt runt.
Här fick man en välbehövlig paus och lämnades i fred.

    Själv bar jag ingen kamera utan tecknade istället syner
och intryck för att i efterhand kunna återuppleva minnet
och känslorna.

    Det fanns gudar att tillbe för alla ändamål men ändå
samlade under samma religion. En fantastisk uppsjö av
människo- och djurliknande gudar, demoner, hjältar och

andar. En fantasifull och färggrann sagovärld som tilltalade och inspirerade mig.

Med tåg tog jag mig ner längs västkusten. Tågen bestod av tre klasser och i tredje klass var inte bara de hårda träbänkarna fullsatta utan även bagagehyllor och golv utnyttjades. Det fanns inget stopp på hur många som kunde rymmas i tredje klassens vagnar och det gick alltid att pressa in ytterligare en och ännu en.

Goa var på den tiden en liten by med långsträckta och ensliga stränder. Ett litet paradis med idylliska soluppgångar och solnedgångar. Folk bodde i enkla bambuhyddor och levde ett lugnt och stillsamt liv.

Jag hyrde in mig hos en familj som hade en fristående hydda med några sängar som stod till förfogande för resenärer för en billig peng. En bit ifrån hyddan uppför en sluttning låg toaletten, ett litet träskjul med en inhägnad runt omkring. Innanför stängslet gick en liten gris omkring och bökade. Föga anade jag då samspelet mellan grisen och toaletten.

När man reser runt förlorar man lätt vanliga, dagliga rutiner och regelbundenheten i sovtider, mattider, toalettbesök m.m. rubbas. Ibland är man fast på långa bussresor och det är bara att hålla tillbaka alla kroppsliga behov. Magen hade således varit lite trög på sistone.

Jag gick in på toaletten och satte mig på huk över hålet och precis när jag satt mig hördes ett grymtande nerifrån hålets mynning. Förvånad tittade jag ner och såg ett tryne sticka upp ivrigt grymtandes och förväntansfullt. Synen och grymtningarna fick mina tarmar att slå dubbla slag och knyta ihop sig i frustrerad omöjlighet. Till både min och grisens förtret...

Att ha ett gristryne rakt under sig är inget som får igång en trög mage. Tvärtom. Jag kände mig stressad och iakttagen och var inte alls speciellt förtjust över arrangemanget.

Jag försökte så överlista och undgå grisen och började spana in dess rutiner. Jag noterade att den i gryningen brukade ligga och vila i en hörna av sin gård. Följande morgon smög jag försiktigt uppför sluttningen. Grisen låg som vanligt i sin hörna och vilade. Ljudlöst, i mitt tycke, öppnade jag dörren men hann knappt knyta upp sarongen förrän ett förväntansfullt grymtande hördes nedanför. Att hålla rent var grisens livsuppgift och detta var en mycket plikttrogen kulting som inte lät sig luras.

Jag tänkte på Indiernas tro på återfödsel och undrade hur långt den som återfötts till renhållningsgris hade att klättra på karmastegen.

Så småningom lämnade jag det lugna goalivet och tog mig till Bombay. Återigen befann jag mig mitt i storstadsstressen och människomyllret och här kändes värmen än mer tryckande än i Delhi. Jag tänkte på iskallt vatten eller saft och köpte en coca-cola men den var varm och rann med brännande smak ner i strupen. Istället för att släcka törsten blev behovet än större och jag längtade åter till hav och strand.

Jag hade bara varit ett dygn i Bombay men det räckte mer än väl och jag hade redan fått nog. Jag ville genast iväg och då jag hade pass och pengar på fickan och en tygväska med personliga ting i, såsom den persiska diktboken, köpte jag en biljett med nästa tåg till Rameswaram och brydde mig inte om att hämta de få pinalerna jag hade på hotellet. Det var mest slitna klädesplagg och det kändes inte värt att behöva gå igenom hela stan för att hämta dem. Kändes även skönt att slippa släpa runt på en massa grejer och ständigt behöva hålla koll på packningen.

I tredje klassens tågkupé fanns ingen platsgaranti utan man fick kämpa för att få plats. När jag nu slapp tyngden av packningen kunde jag ta mig fram smidigt och snabbt och lyckades få en plats på en träbänk. Jag slog mig ner och kände mig nöjd.

På träbänken mitt emot mig låg en Indisk kvinna. Jag
betraktade och beundrade hennes örhängen som låg guld-
glänsande mot axlarna men häpnade då hon satte sig upp.
Hålen var så uttänjda av de tunga smyckena och örsnibb-
arna var maximalt förlängda.

*Även jag tjusades senare i livet av tunga örsmycken men
jag tänjde inte ut hålet stegvis utan hängde på fem tunga
spiraler som nådde ända ner till axeln. Smycket gled
längre och längre ner ända tills örsnibben delades och
smycket föll till marken. Ännu ett bevis på mitt bristande
tålamod...*

Vid en station klev en engelsman på och satte sig bredvid
mig. Han berättade om sina påfrestande upplevelser i
Indien och att han var så less på kaoset och inte stod ut
med att ta mer skit. Han tog upp sin vattenflaska och lade i
ett par tabletter för att rena det från bakterier och eftersom
jag inte alls hade förberett mig inför denna tågresa och
varken hade mat eller dryck (eller bagage för den delen...)
bad jag törstigt om en klunk.
Timmarna gick och hettan, currydofterna och stanken
från toaletterna blev allt mer påtaglig och kväljande. Det
var ett evigt smaskande och surrande, ett hetsigt myller av
dofter, synintryck och pladder.
Kaos!
Jag försökte att i tankarna sväva iväg till havet och dess
friska och svalkande bris för att stå ut. Engelsmannen blev
märkbart mer och mer spänd och hans gentlemannamanér
prövades alltför hårt och brast totalt då en Indier satte sig
ner på huk framför honom och började skita. Utan ett ord
tog han resolut ett strupgrepp på den överrumplade Indiern
och slängde ut honom genom fönstret.
Ingen reagerade över händelsen utan allt fortsatte som
innan. Kvar fanns bara en gul fläck på golvet, en gulaktig
sörja lik dahl.

Väl framme i Rameswaram tog jag in på ett hotell. Efter
tågresans instängdhet stod jag inte ut med tanken på att
stängas in i ett kvavt och fönsterlöst rum utan bad istället
om att få sova på taket. Där fanns gott om utrymme och
frisk luft under bar himmel att tillgå. Jag behövde
verkligen andas ut efter Bombay och den kvava luften i
tågkupén.

Magen började knorra av hunger men currymat var helt
uteslutet denna dag. Jag fick istället ett plötsligt och starkt
begär efter potatismos och försökte förklara min önskan
för hotellpersonalen. Två potatisar kokades, lite pulver-
mjölk värmdes upp och mosades samman med en gaffel.
Avsmakningen av den kalla och okryddade röran var ej
som min vision och begäret var fortfarande
otillfredsställt…

Ceylon

Med färja från Rameswaram anlände jag till Ceylon och färjan lade till i staden Jaffna i norr.

Havsbrisen och utrymmet på färjan kändes lyxigt efter all trängsel i bussar och på tåg. Att färdas på vatten istället för genom öken och torra landskap var uppfriskande. Åsynen av havet släckte törsten och havsbrisen svalkade skönt i värmen.

Skillnaden mellan södra Indiens uttorkade marker där växter kämpade mot blåst och torka gentemot denna grönskande ö var enorm. Här växte det så det knakade och varenda yta täcktes av bananodlingar, teplantager, tempelträd, palmer, risfält och ljuvligt doftande blommor i alla regnbågens färger.

Till skillnad från Indien som var så överbefolkat hade folket här mycket mer utrymme så trängsel uppstod inte på samma sätt. Här fick alla plats, även jag, och folk behövde inte slå sig fram på samma sätt. De kastade sig inte heller på en och överöste en med frågor utan närmade sig sakta och gav en utrymme.

Munkar i saffransgula skynken och renrakade huvuden började dagen i gryningsljuset och hymmade fram bönmantran inne i templen. Därefter tågade de runt och samlade in dagens gåvoskörd i form av mat och pengar. Här var buddhismen statsreligion och kastsystemet slopat. Att nå Nirvana och upplysning stod fritt för alla.

Med bussar färdades jag söderut mot Colombo och hoppade av i små byar längs med vägen för att utforska terrängen. I byarna bodde folk i små hyddor. Vatten hämtades i byns gemensamma brunn och ofta fanns ingen el att tillgå utan oljelampor lyste upp hyddorna på kvällarna. Så det dagliga livet och sysslorna styrdes mycket av solens gång.

Vart man än kom skickades en rask trädklättrare upp i närmaste palm för att hämta ner en king coconut till ens ära.

Att lära sig tyda och tolka nattens ljud i en okänd miljö
tar tid men ju mer jag lärde mig om växter och djur desto
tryggare blev vilan.

Grodornas konserter varade nätterna igenom
tillsammans med syrsors höga toner. Dessa ljud tillhörde
mörkret och natten och jag njöt av att ligga och lyssna
inifrån hyddan. Väggar och tak släppte igenom alla ljud då
flätade bastväggar och bladtak var enda skyddet. Dunsar
på taket, plötsligt prassel eller annat kunde slita mig från
sömn till klarvakenhet på ett ögonblick. Med öronen
spetsade försökte jag lokalisera var ljudet kom ifrån och
reda ut vad det kunde vara.

Oron inför vad det kunde vara och väntan på att få veta
vad ljudet innebar var olidlig och skräcken kunde ibland
bli paralyserande. Ovissheten kunde få fantasin att skena
iväg. Att känna sin angripare gör att man kan förbereda sig
för hur man ska tackla faran och hur man bör reagera.

Skymningen hade inte helt övergått i natt och jag hade
suttit en stund utanför hyddan och följt solens nedgång.
Jag fängslades av ljusspelet som svepte en glödande färg
på allt. Dagens final, ett sista sprakande fyrverkeri av
brandgula strålar som tycktes vilja sätta eld på allt.
Nattjägare började nu spana efter byten och grodorna var
en av dem som nu började sitt skift.

Plötsligt satt den där framför mina fötter med sina stora
blanka ögon fokuserade. Blickstilla och utan att blinka.
Utan förvarning sköts en lång röd tunga ur den breda
munnen och kastades fram som ett kastspö mot det till-
tänkta bytet. Sällan missade denna jägare sitt mål.
Naturprogrammet var ännu inte slut. Ljudlöst och som från
ingenstans kom nästa jägare in på scenen. En orm kastade
sig över grodan och slukade den i ett nafs.

Vi människor vill gärna tro att vi är naturens herre, att
vi är oövervinneliga och viktigast. Att djungelns lag inte
inkluderar oss och att vi kan styra över djur och natur. Ett
samspel mellan människa, djur och natur är nödvändig och
livsviktig. Utan naturen klarar vi oss inte men utan

människan klarar sig naturen. Gör inte det naturen viktigast!?

Grodan fick ingen chans att förbereda sig inför döden, liksom nattfjärilen innan grodans kastspö fångade den. Som människa upplever man ofta döden som plötslig och tanken på döden kan skrämma oss till att inte våga leva fullt ut. Döden är dock oundviklig och en kamp mot den går aldrig att vinna. Men låter man döden styra livet så har man verkligen förlorat.

Floderna var en viktig källa i bylivet. Där badade man, dit fördes vattenbufflarna för att dricka vatten och där tvättades kläderna och diskades disken. Kvinnorna satt tillsammans vid flodkanten hela dagarna och pratade och skrattade samtidigt som de skötte sina bestyr.

Några tallrikar behövde inte diskas och inte heller bestick. Bananträdens stora blad utgjorde utmärkta uppläggningsfat och högerhanden var det enda bestick som krävdes för bra bordsskick. Kastruller i aluminium och rostfritt stål sågs sällan, istället användes lerbyttor i olika storlekar med eller utan lock där maten höll värmen och stod sig.

Matlagning på öppen eld gjorde dock lerkärlen brända och sotiga så denna putsning kom man inte undan.

Kläderna lades i blöt och tvålades in och slogs sedan brutalt mot stenar. En del hade även tjocka träpåkar som tillhyggen. Ett nytt plagg kunde redan efter första tvätten se begagnat och slitet ut. Bokstavligt talat så bankade de verkligen skiten ur dem!
Ibland kom kläderna tillbaka flera nummer för stora, alldeles uttänjda och tunna så jag valde att istället sköta tvätten själv.

Att tillsammans sköta tvätt och husbestyr kändes så gemytligt och sunt. Hemma isolerar vi oss och stänger in oss i tvättstugor och håller hårt på vår inbokade tid istället för att uträtta vardagssysslorna tillsammans och umgås under tiden. När man sedan ska umgås ska man vara totalt

fri och ägna 100 % av uppmärksamheten på sitt sällskap.
Man ska anstränga sig och förväntas hålla tillbaka trötthet
och le fast man är ledsen m.m.
Är det något att sträva efter? När isolerade vi oss så?
Att istället leva tätt inpå varandra; familj, släkt och vänner,
nära natur och djur kändes mycket mänskligare. Att dela
vardagen.

En liten bit nedför floden fick även toalettbestyren fritt
utlopp och det var något i idyllen som jag blundade för.

På ett vandrarhem i Colombo låg jag vaken hela natten
störd av två olika ljud. Väggarna var tunna och skyddade
mer mot insyn än ljud och på våningen över låg någon och
kliade sig så intensivt att det lät som om han kliade sig
ända in på bara benet. Kanske han fallit offer för ilskna
bed bugs eller hungriga myggor?

Det andra ljudet var ett kvackande som jag inte fick
klarhet i förrän morgonen därpå. Ett holländskt par reste
nämligen runt med en anka som de hade i ett koppel. Jag
förundrades över detta val av husdjur samt hur de fått
ankan att bli lika trogen och följsam som en hund. Var
detta ett försiktigt steg och en prövning inför att så
småningom skaffa barn och bilda familj? Eller kanske var
det för att känna sig behövda, att ha någon att ta hand om,
någon som var bunden till dem och som de var bundna till
i denna annars så obundna och fria tillvaro?

För mycket frihet och fritid kan ibland vara svår att
hantera. Att ha en uppgift och känna sig behövd är en djup
instinkt och ett stort behov hos människan.

De var djupt fästa vid sitt sällskapsdjur och skötebarn
och om ankan inte fick komma in på en restaurang så
trippade de alla tre förnärmade därifrån.

Extas i fullmåneskenet trappades upp allt högre av trumm-
ornas rytm. Fullmånen hyllades vart månvarv och festyran
varade i tre dygn. Dansarna med bara överkroppar och i
vita saronger svängde runt allt vildare och vidare.

Trumslagen piskade på deras steg allt snabbare för att
uppnå extas.
Elefanter i dyrbara dräkter svängde sina snablar åt höger
och vänster, stadiga i sina kroppshyddor och taktfasta men
mer saktmodiga än dansarna.
Processionen belystes av fackelbärare som höll sina eldar i
järnlyktor på vardera sidan om paraden.
   Alla samlades; unga, gamla, kvinnor, män, och även
jag, och trollbands av månens intensiva silversken.
Lågornas ljussken tävlade med månens strålar men eldarna
kunde inte ge samma skimmer av mystik och förtrollning.
Men eldens värme och dess dansande lågor höll oss
betraktare på plats. Annars hade i alla fall jag slutit
samman med paraden och okontrollerat och ohämmat
svängt på höfterna. Nu fick jag nöja mig med att gunga i
takt vid kanten.

*- Än idag firar jag fullmånen men tyvärr inte lika stor-
stilat, dock har jag hittat likasinnade månfirare och vi gör
vårt bästa.*

Reskassan började tryta. Trots att jag inte oroade mig allt-
för mycket så grubblade jag stundvis på olika lösningar.
Att ta mig till Australien för att arbeta fanns som nödlös-
ning men det låg långt borta både i tankar och avstånd och
var inget som direkt lockade. Det var en sista utväg. En
plan B. Att vända hem fanns inte ens som tanke. Det var så
mycket kvar att utforska och att vända hem nu skulle
kännas som ett nederlag, som något oavslutat.
Var fanns egentligen slutet?
   Montana Beach låg lite utanför Colombo och tillsamm-
ans med Ian Currie, en engelsman som jag kommit att lära
känna tillbringade jag en dag vid havet. De salta vågorna
kom och gick. Sandkrabborna tog sig blixtsnabbt ner i sina
skyddsgropar när havet sköljde in och skyndade vidare så
fort det var fritt fram.

Vi satt och rökte och filosoferade och drömde om en värld utan gränser där alla kunde röra sig fritt. Livet kändes lätt att leva trots att inte alla drömmar var nådda och trots mitt lilla orosmoln angående pengar och framtiden. Då vi satt där kom lösningen plötsligt till mig. Mina föräldrar hade för länge sedan ordnat en livförsäkring till mig. Hur mycket pengar som fanns innestående visste jag inte men jag skulle säkert klara mig en bra stund. Här räckte ju pengarna oändligt mycket längre än hemma och jag hade för länge sedan lärt mig konsten att spara på slantarna. Och vad skulle jag med en livförsäkring till? Livet var ju nu. Vad skulle jag med pengarna till om jag var död? Kanske lite egoistiskt men ändå.
 Jag ringde direkt till min mamma och bad henne att avsluta livförsäkringen och skicka pengarna. Det krävdes lite övertalning men till slut gav hon med sig.

På ett stort hotell byggd i engelsk kolonialstil fanns en batikverkstad. En stor batikbonad i blå och ockergula toner med fåglar och blommotiv gick inte att motstå. Trots att pengarna börjat tryta köpte jag väggbonaden för nu var jag ju förvissad om att pengar var på väg.

Ian reste inte runt utan var på Ceylon för att hälsa på släkt och vänner. Under hans barndom hade hans föräldrar liksom många andra engelsmän begett sig till Ceylon för att vaka över teimperiet. Så Ian var väl förtrogen med ön och hade en stor umgängeskrets.
De engelsmän som bosatt sig här kunde leva mycket flottare än hemma och hade flertalet tjänare till förfogande och kunde verkligen få utlopp för herremansfasoner om de så önskade. Ian hade dock inga sådana begär att leka herre på täppan.
 I väntan på livförsäkringspengarna lämnade jag och Ian Colombo för att hälsa på bekanta till honom på ett teplantage. Tillfälligt plockade jag upp tummen ur fickan för att visa honom hur lätt det var att ta sig fram här i

världen. Det var lätt att få lift men det blev en minst sagt skakig och obekväm färd bakpå ett lastbilsflak.

Ceylon var inte längre en engelsk koloni utan hette nu åter Sri lanka och engelsmännen som tidigare styrt teimperiet var nu på väg ut ur landet.

Ians vänner, en engelsman som var gift med en singalesiska och deras två barn höll på att packa för fullt men avbröt för att välkomna oss. Te och rostat bröd dukades fram och ett barndomsminne av söndagsfrukost väcktes inom mig. Smör som smälte på varma och frasiga brödskivor. Varje vardag åt vi nämligen mörkt bröd och wasa knäcke men på söndagarna vankades det vita och frasiga franskor med vallmofrö. Brödrosten glödde och vi rostade och njöt.

Med detta i minnet och en längtan att återuppleva det rostade jag hungrigt skiva efter skiva och de andra häpnade över min aptit.

- Ju längre hemifrån desto starkare kan matvisioner uppta hela ens väsen. Är det kanske ett trygghetsbehov?

Arthur C Clarke var en engelsk författare som sedan 1956 varit bosatt på Ceylon. Tillsammans med amerikanen Stanley Kubrick hade han precis färdigställt filmen "2001 – a space odyssey" som baserades på en av hans böcker. Filmen hade fått mycket uppmärksamhet i västvärlden och ansågs banbrytande i science fiction genren.
Ian var bekant med Clarke och ville ta mig med för att träffa honom och ett par medlemmar från rockgruppen The Rolling Stones som var på besök.

Arthur C Clarke och hans verk var totalt främmande för mig men The Rolling Stones rocklåtar var jag väl förtrogen med och gillade skarpt. Men just nu stod jag likgiltig inför att träffa kända västerlänningar. Jag var mer intresserad av att tränga djupare in i österlandets olika tankegångar och uppleva dess mystik och natur- och kulturmångfald.

Under hela skoltiden hade den kristna religionen och dess idévärld varit den enda religionshistoria vi fått lära oss. De andra religionerna var inget man tyckte svenska barn skulle intressera sig för. Vi skulle växa upp till goda kristna medborgare. Så mitt sinne var upptaget av alla dessa nya intryck och lärdomar och lockade mig mer.

Ett skepp kom lastat med fransk mat, franska viner och camembertostar och alla dessa godsaker ingick i biljett-priset. "Laos" hette detta skepp som gick från Frankrike med stopp i Asien och ända till Japan.
Min nästa anhalt var nu Singapore.

Jag hade inte förväntat mig sådan lyx och bekvämlighet och kände mig smått överrumplad men njöt i fulla drag. På skeppet rådde europeiska manér med långa sittningar vid lunch och middag och jag glömde nästan bort vart jag befann mig. Men ett steg ut på däck så var jag åter i Asien och den varma havsbrisen från Indiska oceanen omslöt mig.
Så här flott var jag inte van vid att färdas så resan till Singapore kändes som en bekväm semester från resandet.

singapore

En fattig resenär välkomnades inte med öppen famn in i
Singapore och fick inte det ordinära visumet på fjorton
dagar stämplat i sitt pass. När "Laos" lade till vid
Singapores hamn strömmade tullare ombord på båten för
att kontrollera resenärerna. Barfota och i trasiga jeans
tillfrågades jag hur stor min reskassa var och utan att
blinka drog jag till med att jag hade tusen dollar som låg
i hytten.
Tidsschemat var pressat och jag kom undan utan att
behöva visa upp den påhittade summan och fick mina
fjorton dagar.
Ärlighet varar inte alltid längst, här skulle det inte ens
varat i fjorton dagar!

I Singapore bodde mestadels kineser och staden var
uppdelad i fyra områden och kulturer; den kinesiska, den
indiska, den malaysiska och den europeiska delen.
Den europeiska delen var väldigt modern, kontorslandskap
i nybyggda höghus, allt i västerländsk standard, med flera
banker och dyra varuhus. Den kinesiska delen var den
största, billigaste och enklaste så självfallet styrde jag
stegen dit för att tillfälligt slå rot.

Chinatown var ett myller av små gator och gränder och jag
tog in på ett av de många små och billiga hotellen. Huset
var byggt i trä och rummen var små som vindskontor. Man
hörde och visste allt om sin granne då väggarna var löv-
tunna. Springorna mellan plankorna var på vissa ställen så
breda att man även kunde se in till rummet bredvid.
    Jag fascinerades mycket av den kinesiska kulturen som
var helt ny för mig. Alla skyltar i Chinatown var skrivna
med kinesiska tecken. Jag kunde omöjligt förstå vad som
stod skrivet men imponerades av dessa vackra tecken.

Ofta kunde jag bli stående en lång stund och beundra en vägskylt eller dylikt som ett utsökt konstverk.

Mitt fönster vette mot gatan och på hörnet låg ett litet tehus. Där brukade en gammal kinesisk man sitta dagarna i ända med en kopp grönt te framför sig. Han såg tidlös och vis ut och jag kunde inte låta bli att i smyg iaktta honom. Hans hår var grått av ålder och skägget långt men mycket tunt, endast några få men mycket långa strån. Stillsamt satt han där dagarna i ända och rökte cigaretter med ett vackert munstycke i elfenben som var gulnat av ålder och rök. Hur länge hade han suttit så?

Det spartanska hotellet erbjöd bara det absolut nödvändigaste och inga extravaganser såsom roomservice fanns att tillgå. Tehuset var dock öppet nästan dygnet runt och serviceandan gränslös så när som helst kunde jag bara ropa ut mina beställningar genom mitt fönster. Teet levererades sedan snabbt vid min dörr i en plåtburk, sött och tjockt av den konserverade mjölken.
   Att vara serviceminded här hade en helt annan innebörd än hemma. Öppettider styrdes mer av kunderna än av klockan och alla önskningar försöktes tillmötesgås. Skulle man skrika efter te genom fönstret hemma skulle nog chansen vara större att det var polisen som plingade på än en servitör från fiket nedanför.
   ”Roomservicen” utnyttjade jag mest på kvällarna, på morgnarna åt jag helst frukost i sällskap med andra sittandes nere på kaféet.

Jag har alltid varit en morgonmänniska och tyckt om att möta dagen i gryningsstunden.
Att inte direkt efter uppvaknandet kasta mig ut i jäkt och stress utan stegvis se stad och människor vakna till liv. Få chans att i lugn och ro dricka mitt morgonkaffe och samla tankarna inför dagen.

Varje morgon var jag en av kaféets första gäster men trots att jag var uppe med tuppen satt den gamla kinesiska mannen redan där. Han var alltid dagens första och sista gäst.

För att göra goda affärer under dagen tändes ljus och rökelser i hustemplet och en skål med lite ris sattes fram som offergåva.

Vana vid att västerlänningar som bodde i kvarteren runt omkring kom dit för att äta frukost fanns inte bara neskaffe utan även rostat bröd, ägg och marmelad på menyn. Kanske det inte smakade exakt som hemma men jag tyckte att det dög gott.

En morgon kom en nyvaken engelsman in, alla stolar var redan upptagna men en extra pall sattes fram. Klumpig och yrvaken slog han sig ned och mumlade fram sin beställning. Från mitt bord iakttog jag honom och tyckte att han visade ett dåligt morgonhumör. Dåligt morgonhumör och hetsiga humörsvängningar var inget jag sett hos kineserna. Behärskning och artighet verkade råda i alla lägen och servitörerna på kaféet var inget undantag.

Kaffe, rostat bröd och ett kokt ägg dukades snabbt fram och utan ett tack eller ens en blick högg engelsmannen in. Hetsigt började han skala ägget och plötsligt och utan förvarning slängde han det rakt i golvet. Nu var det inte bara jag som betraktade honom, även alla andra stannade upp i frukosten och iakttog honom.

Servitören ilade fram och efter ett par korta ordbyten tog han upp ägget, rusade in i köket och kom strax tillbaka med ett nytt. Än mer hetsigt skalades detta ägg men dög uppenbarligen inte heller utan slängdes även det med stor kraft i golvet.

Därefter började engelsmannen föreläsa för servitören på snobbig engelska hur en frukost skulle vara och hur ett ägg skulle kokas. Servitören förstod nog inte mycket av vad som sades men höll god min och hämtade ännu ett ägg. Självfallet hamnade även detta i golvet och engelsmannen lämnade sedan kaféet utan att betala.

Jag skämdes över hans beteende och hans sätt att försöka läxa upp och sätta sig över de trevliga och tillmötesgående servitörerna. I deras ögon var vi resenärer som ett folkslag och hans och andras dåliga beteenden kunde lätt leda till fördomar mot oss alla.

Alla vi västerlänningar som bodde på de billiga hotellen i området var för fattiga för att kunna visa upp de summor som krävdes för att förlänga visumen. När det var dags för någon att söka samlades allas slantar ihop i en hög och visades upp. I tur och ordning visades samma pengar och vi fick alla nya stämplar i passet. Tilliten på den tiden var oförstörd, hjälpsamheten var stor och kamratandan sveks och missbrukades inte vilket gjorde saker som detta möjligt.

Trots förbud mot opium fanns det många opiumhålor i Chinatown. De var väl dolda men ändå lättillgängliga. Jag började gå till en som låg högst upp i ett tvåvånings hotell. Väl uppe på andra våningen fanns en liten lucka i taket och från den hängde det ner ett snöre. För att bli insläppt drog man i snöret, då ringde en klocka någonstans där ovanför och strax därpå öppnades luckan på glänt. Efter igenkännande öppnades luckan helt och en stege hissades ner. Första gången kom jag dit i sällskap med en kinesisk vägvisare och efter denna första presentation kunde jag komma och gå som jag behagade. Jag tjusades av det hemlighetsfulla och rituella i insläppet.

Väl däruppe fanns ett par rätt små fönsterlösa rum och takhöjden var låg (men stämningen hög...) En sötaktig doft låg tung över rummen och oavsett tidpunkt på dygnet var det alltid dunkelt och skumt. Var och en fick en bastmatta att ligga på och en välanvänd och långskaftad pipa att suga på. Fem stycken pipstopp kostade cirka två kronor.

Opiumdvalan och stillheten ingav en evighetskänsla. Tid och rum försvann och hunger och trötthetskänslor bedövades. Stadens hårt arbetande och seniga rickshaw-

förare använde sig dagligen av detta medel för att orka
med sitt tunga slit.

Jag hade med mig garnnystan och virknål och då jag
varken kände av hunger eller trötthet kunde jag sitta i
många timmar i sträck och virka mormorsrutor. Ett
gammalt sätt att använda restgarner som jag hade lärt mig
på syslöjden i skolan. Istället för att göra de traditionella
filtarna fogade jag istället ihop rutorna till ponchos, långa
kjolar, byxor, slipsar och långkappor. I det heta klimatet
passade svala kreationer bättre än varma plagg så jag
gjorde lite luftigare sammansättningar mellan de färgrika
rutorna.
Det ena plagget efter det andra färdigställdes.

En del av det resande folket spenderade dagarna med att
röka, spela gitarr och dricka te. Blev de hungriga tog de sig
iväg till ett av de små enkla gatumatställena i närheten.

Ett franskt konstnärspar gick varje dag, packade med
torrkritor i regnbågens alla färger till affärsdistrikten. Varje
dag utförde de ett mästerverk på gatorna och torgen som
sedan städades bort och nästa dag var spårlöst försvunnet.
De belönades frikostigt av förbipasserande.

Vilken lycka!
Äntligen fann jag mitt efterlängtade potatismos. Jag
beställde en dubbel portion mashed potatoes och varje
tugga var prisvärd och gudomlig. Lagom fast, perfekt
saltat med en aning muskot. Jag vräkte i mig den första
och beställde ännu en dubbelportion.
Min begränsade magsäck som inte varit van vid sådana här
lass hade långt innan den andra portionen intagits börjat
knorra och försökt stoppa det omättliga gapet. Denna
måltid botade dock min längtan efter potatismos så när
paketen med pulvermos anlände från min mamma ville jag
inte ha mer. Många år senare hade jag fortfarande svårt att
äta potatismos.

Jag trivdes bäst i Chinatown och höll mig mest i dessa kvarter. Jag blev snart väl förtrogen med området och kände mig som hemma. Här fanns det plats för alla sorts individer och jag kände mig fri att vara mig själv.

Boogie street var ett tillhåll för prostituerade transvestiter och med sina utstuderade klädstilar och välsminkade ansikten överdrev de kvinnans väsen. Lojt och alltid flörtandes gick de runt bland matstånden och barerna och försökte få napp. Prostituerade gatflickor i snäva kinesiska sidenkläder tävlade om uppmärksamheten men det var svårt att överträffa de tjusiga transvestiterna. Deras byten var oftast sjömän från när och fjärran och de överförfriskade sjömännen hade ibland svårt att se skillnad på transvestiterna och gatflickorna i sin jakt på kvinnligt sällskap.

Dag som natt puttrade och sjöd det av liv och rörelse på Boogie street.

Att äta med pinnar tyckte jag till en början var en total omöjlighet. Att försöka fånga upp något överhuvudtaget med dessa två bångstyriga matredskap var som att försöka fånga och hålla kvar en ål. Om och om igen gled den lilla svampbiten, cashewnöten liksom vattenkastanjen ur det krampaktiga nybörjargreppet. Överallt förutom i magen hamnade maten. Kladdigt, pinsamt och otroligt frustrerande!

När jag sedan tittade mot risskålen fylld av små, små riskorn greps jag nästan av total uppgivenhet.

Jag skulle troligen svälta ihjäl och dö med chopsticken spretandes åt varsitt håll framför ett dignande matbord. Hungern fick mig ofta att svälja stoltheten och tillslut be om en sked istället. Men skam den som ger sig!

Jag började grundligt studera och iaktta de skickliga kinesernas pinnfattning, fast besluten att genom att lära mig deras bordsskick visa välvilja inför deras kultur.

Båda pinnarna hölls i höger hand. Den ena pinnen låstes fast mellan ringfinger, långfinger och tummen. Den

andra pinnen hölls mellan pekfinger och tumme, löst lutad
mot långfingret och styrde så att godbitarna hamnade
mellan de båda besticken och kunde föras in i munnen.
Herregud, en hel vetenskap…verkade betydligt lättare och
effektivare att använda sked eller gaffel. Men om de gjorde
så skulle även jag göra så.

Att få i sig riset visade sig vara en lätt match då
risskålen hölls mot kanten av underläppen och riset sedan
skyfflades in i snabb takt.

Jag började träna dagligen vid de enkla gatumatstånden
och snart kunde jag skickligt plocka räkor, musslor, nudlar
och degknyten och jag behövde aldrig mer skamset be om
en sked.
Övning ger färdighet!

När jag sedan blev inbjuden till en middag på en av de
finare restaurangerna i stan så där som man kan bli när
man är ute och reser så tvekade jag inte utan tackade
genast ja. Gästerna var rika kinesiska affärsmän så jag
klädde mig festfin och respektabel.

Den här kvällen blev en läxa min mage aldrig glömmer.
Det räckte inte att kunna hålla stickorna rätt, reglerna för
vett och etikett sträckte sig längre än så.

Väluppfostrat åt jag upp det som serverades för att visa
min uppskattning och att det smakade. Jag trodde att
samma regel gällde här som hemma men att äta upp allt
som gavs tolkades som ett tecken på att man inte var nöjd
utan ville ha mer. Och mer fick jag. Om och om igen
serverades jag påfyllning av samma rätt tills jag bestämt sa
ifrån och fick gå vidare till nästa. Om och om åt jag upp på
tallriken och om och om igen serverades jag påfyllning.
Då middagen visade sig bestå av tretton rätter sa min mage
tvärt ifrån långt innan halvtid.

Spänd som ett trumskinn började min mage bubbla och
knorra och jag undrade hur länge detta frosseri skulle
fortsätta och hur jag skulle komma undan med heder och
mage i behåll. Fler rätter dukades in och medan de andra

gästerna såg avspända och nöjda ut kämpade jag desperat
för att hålla mig kvar på stolen.
När fick man gå ifrån bordet?
Kunde jag överhuvudtaget gå?
   Kanske det hade varit bättre att fly än illa fäkta då jag
så totalt upptagen av mina mat- och magproblem inte var
mycket till sällskap men tappert kämpade jag vidare.
Desperat började jag smuggla undan maten i servetter som
jag i smyg slängde under bordet. Kanske inte helt välupp-
fostrat men en nödlösning.
   Tiden tickade sakta fram men som allt slutligen gör
nådde även denna middag sitt slut.
Läxan och lärdomen var att det inte går att följa sina egna
invanda mönster i andra kulturer. Man måste vara lyhörd
och se sig om för att lära sig nya seder och bruk.
Hade jag varit mer lyhörd och uppmärksam hade jag sett
att de andra bara tog lite av varje rätt och aldrig åt till
botten. De måste ha uppfattat mig som otroligt glupsk utan
stopp.
Hade de skrattat i smyg åt den vita valen vid bordet?

Tolkiens ”Sagan om ringen” med dess levande och
målande bildspråk samlade sagosugna själar. Jag och tre
killar från Australien turades om att läsa högt ur boken.
Berättelserna förflyttade oss från hotellet och de små
hobernas kamp mot mörkrets makter var en omskrivning
av våran kamp i tillvaron. Kamp mot kapitalismens
förtryck!
   De tre australiensarna planerade att ta med kilovis med
hasch tillbaka till Australien packat i radioapparater. De
ville bryta den bullriga öltraditionen i sitt hemland och den
förljugna strävan efter materiell standard.
Planen tog tid att förverkliga, mycket dividerande och
funderande. En kinesisk familj skötte packandet och
inköpet av haschet.
Planen stöp dock. Jag fick senare veta att de åkt fast i
tullen och att långa straff väntade dem.

Högen av virkade plagg växte och växte och jag sökte ett sätt att sälja dem. Kreationerna hade visat sig tilltala både de andra resenärerna på hotellet samt transvestiterna på Boogie street.
Båda dessa grupper var dock föga kapitalstarka så jag behövde nå ut till andra mer bemedlade personer.
Jag tänkte att jag även kunde snitsa till omoderna plagg och ge dem en "psykedelisk touch".

"Psychedelic designs, give that well used dress, suit, blouse a new "in" look. Bring them to me for psychedelic treatment. Fast and inexpensive".
Så löd min annons i Singapores daily news.

Jag hade hoppats på många svar. Jag ville ju få igång en verksamhet som kunde livnära mig och mina behov men jag fick bara ett enda. Det såg inte särskilt lovande ut och jag blev naturligtvis lite besviken men det visade sig att detta enda svar var tillräckligt.

Phila-mae hade utbildat sig till designer i Kalifornien och hade nyligen gift in sig i en av de rikaste familjerna i Asien. Hennes stora intresse var mode och hon hade en butik i den europeiska delen av stan som hon drev utan vinstintresse. Vad hon sökte var nya idéer från västvärlden och min psykedeliska annons hade väckt hennes intresse.

Hon blev förtjust i mina alster och ville hjälpa mig att lansera dem så jag fick hänga upp min kollektion i hennes butik. Nu fick jag äntligen luft under vingarna och fantasin flödade fritt.
Jag satte igång med att måla glasflaskor i blåa, röda och gröna toner som jag sedan dekorerade med bokstäverna Å, Ä och Ö för att poängtera mitt nordiska ursprung. Jag hittade också en sorts hårda frukter som jag målade och försåg med stora ögon och lustiga kläder. Inspirerad av Tolkiens sagovärld kallade jag dessa decimeterlånga fruktfigurer för hober.

Jag hade alltid varit mycket för sagor och sagoväsen och detta var grunden i teckning, målning och tankefoster. Peter Pan som var en av mina sagohjältar gav mig även idén att göra sprattelgubbar.

Det kändes underbart att bli så uppmuntrad och få skapa fritt och jag fick en flödande energi av kreativitet.

Phila-mae sprang ständigt på olika modevisningar och tillställningar där man minglade och knöt kontakter. Ibland propsade hon på att jag skulle följa med och presenteras för modefolk och journalister. Det var ett nödvändigt ont och ett lågt pris för min annars så totala frihet.

Hon gav mig vissa fingervisningar hur jag skulle uppträda i denna värld. Sex, droger och politik var inga ämnen för småprat och därmed tabubelagda.
Jag hörsammade hennes råd och försökte respektera dessa riktlinjer och inte ifrågasätta dem.
Jag gick med på det men jag var inte med på det för den skull.

Ett annat nödvändigt ont var det eviga springandet till immigrationsverket för att förlänga visumet. Var fjortonde dag var det dags igen och osäkerheten om jag skulle få eller inte få stanna tärde i längden, särskilt nu när jag hade börjat bygga upp min verksamhet.
Denna ovisshet störde min kreativitet.

Att inte ha ett riktigt hem utan bara en sovplats på ett enkelt hotell funkade inte riktigt heller i längden. Jag behövde lite mer stabilitet i tillvaron och större utrymme. Jag ville slå mig till ro och sökte ett mer permanent boende samt en längre tidsfrist än fjorton dagar i stöten.

Av en slump mötte jag John och Anne Remsbury en kväll på ett diskotek i stan där den senaste musiken såsom The Doors och Janis Joplin spelades. Båda var anställda vid universitetet, John som lärare i engelsk litteratur och Anne som konstlärare. De var i trettioårsåldern och barnlösa och tog mig under sina vingars beskydd.

Jag erbjöds två rum och kök på baksidan av deras hus
och flyttade in redan nästa dag. Det var ett äldre hus i
utkanten av Singapore med en stor trädgård där det växte
avokado-, papaya- och durianträd och jag trivdes genast.
I området bodde många välbärgade kineser och det var
lugnt och fridfullt förutom skallen från de stora, hungriga
vakthundarna som sprang lösa innanför grindarna.
Inte nog med att jag fått gratis bostad, mina visum-
problem var nu också förbi. John och Anne gick i god för
mig och jag behövde inte längre oroa mig.
Över en natt hade alla mina problem löst sig!

John och Anne disponerade det nedre planet och på över-
våningen bodde en äldre engelsman som hette Willetts.
Willetts hade gett ut ett gediget verk om kinesiskt porslin i
England som blivit mycket uppmärksammat. Den plötsliga
berömmelsen och en traumatisk skilsmässa blev för
mycket för honom och en dag gav han sig plötsligt av
österut i sin bil.
Efter en längre tids sökande efter själsro i Indien hade han
liksom jag sköljts upp på Singapores strand och hamnat
här hos John och Anne.

John och Anne gjorde allt för att jag skulle känna mig
välkommen och tog med mig på en inköpsrunda. Då vi
passerade en djuraffär fick jag syn på en markatta som satt
fastkedjad inne i affären. Ögonen var stora och bedjande
och jag satte mig på huk bredvid honom och började prata
med honom. Tycke uppstod genast mellan oss vilket även
John uppfattade och han frågade om jag kanske skulle vilja
ha ett husdjur i mitt nya hem.
Mitt hjärta slog en volt och jag lösgjorde den lilla
markattan och tog honom i min famn som svar. Avgjort!
Väl hemma improviserade vi en namngivningsceremoni
ute i trädgården och vi vattenöste apan och jag döpte
honom till ”He”.

Nu var vi uppe i varv och John och Anne tyckte att vi även skulle ha en adoptionsceremoni för mig. Vi skulle nu bilda familj och jag och He skulle vara barnen i huset, Anne och John var mamma och pappa och Willetts fick bli farfar. En något udda men mycket kärleksfull familj. För att fira målade vi oss med kroppsfärger i alla regnbågens färger och dansade runt i trädgården.

Mitt kök var mycket spartanskt men det var tillräckligt för mina knappa behov. Längs med ena väggen fanns en murad spis där jag kunde koka vatten till te och kaffe och emellanåt tillreda ett frukostägg. Frukterna från trädgården lockade mer i värmen än bastanta måltider och vid stadens små matstånd fanns god och billig mat att tillgå dygnet runt.
Min aptit hade minskat drastiskt på sistone och jag trodde att det hade att göra med min nyfunna kreativitet. Mat intresserade mig inte utan jag ville bara skapa.

Intill köket fanns ett litet rum som jag använde som verkstad för att måla Å-, Ä- och Ö flaskorna samt för att tillverka hober och sprattelgubbar.

Då jag flyttade in fanns det inget möblemang, inte ens en säng, så tillsammans hjälptes vi åt och byggde en loftsäng. För att nå sovplatsen fick man klättra upp i ett tjockt rep och både jag och He älskade att klättra upp i lianen när det var läggdags. Jag brukade tävla mot He om vem som var snabbast men jag hade ingen sportslig chans och He tjattrade förnöjt över sin seger.
Anne var uppvuxen i Kenya som också hade varit en engelsk koloni. Hennes röst var tunn och hela hennes väsen var fyllt av ängslan. Hon var ständigt på gränsen till nervsammanbrott och väldigt beroende av John och rädd att förlora honom.
John hade halvlångt hår och ett litet pipskägg och var mycket intellektuell på ett ofta överlägset engelskt sätt.

För att rättfärdiga sitt sökande efter känsloupplevelser och romantiska äventyr styrde han även Annes kärleksliv och hittade då och då nya älskare till henne.

Anne och John hade då de bodde i England tillverkat kasperdockor och gjort flera små pjäser. Mr. Punch, en elak och lurig figur var huvudaktören i alla uppsättningarna. Dockteatern hade de tagit med sig till Singapore och då och då uppträdde de på barnkalas. Förfrågningarna kom ofta för barnen älskade historierna om den elaka Punch och

applåderade, stampade i golvet och hurrade när Punch åkte på stryk!

Varje torsdag kväll samlades intellektuella vänner i huset för att läsa, diskutera och analysera engelsk litteratur och poesi. Willetts kom sällan till dessa sammankomster. Till skillnad från John var han liksom Anne en känslomänniska men ohämmad och ostyrd. Han hade grått, rufsigt och okammat hår och noll intresse att försöka hålla

uppe en yttre fasad, varken klädmässigt eller i uppträd-
ande.
Han hade ett hjärta av guld men ett otroligt humör och
starka känsloutbrott kunde yttra sig i plötsliga vrålande när
något eller någon frestat hans obefintliga tålamod.
Mitt nya familjeliv hindrade mig inte från att leva och göra
som jag ville. Vi accepterade varandras olikheter och
moraliserade inte över varandras livsstilar.
Som frilansare kunde jag välja arbetsplats så när John
och Anne gav sig av för att undervisa på universitetet tog
jag mig istället in till Chinatown och till opiumhålan. Där
spenderade jag dagligen några timmar i dunklet och
jobbade med nya kreationer. Garnnystan och virknål hade
jag alltid till hands och outtröttligt och vant virkade jag i
rasande fart.
Jag var helt omedveten om beroende och skadeverkningar
utan tyckte att opiumet gav mig lugn och koncentration att
utföra mina idéer.

Då och då såldes ett och annat av mina plagg men det var
inte direkt någon rusning efter dem. Folk var intresserade
men då klädesplaggen var färgstarka och ovanliga krävdes
det en vågad person för att köpa dem och bära dem så
tillverkningen gick i snabbare takt än åtgången.
Phila-mae tyckte nu att det var dags för en offentlig
presentation genom massmedia för att presentera mina
”banbrytande” kreationer för omvärlden.
Hon kontaktade media och avtalade tid för intervju och
uppvisning. På dagen D var jag laddad och uppe i högvarv.
Jag poserade i mina kjolar, toppar och ponchos och drog
liv i mina sprattelgubbar. Kameror blixtrade och frågor
haglade och jag trivdes med att vara i centrum.
Efter ett par dagar kom en helsida i Singapores största
dagstidning med bilder och reportage. *”Britt brings it on.”*
Sedan följde ett radioreportage i etern och det blev en stor
uppståndelse. Mina vänner och min nya familj var
imponerade och stolta.

Britt brings it on

...In S'pore where she finds what Sweden cannot give

IN THE LAND from which she comes there are few inhibitions. Creativity comes easily, designs flow freely. Yet it was not until she came to Singapore that 22-year-old Swedish blonde Britt Palsson managed to find herself—and harmony.

"Swedish society is, of course, more permissive," she said. "But at the same time, there are so many 'ifs' to everything you do.

"I was considered quite mad at home in Stockholm, because I tried to create new things out of discarded stuff.

"Why? Because Sweden has become a factory country. If I had stayed there much longer I think I would become a machine. Because everything is made by machine."

"I used to work as a designer of enamel accessories, but over there it is a dying trade."

So, she left and came south-east.

In Singapore she placed an advertisement in the Straits Times which read: "Psychedelic designs give that well used dress, suit, blouse a new 'in' look. Bring them to me for psychedelic treatment. Fast and inexpensive."

This led to several offers from local shops to design for them.

OFFBEAT

When I met her she was busy pricing some of the kooky items she had made. Her display room is part of a hair dressing salon.

Among the things she has created is a 3½ ft. high puppet fashioned from cardboard painted over with colourful designs.

"I call it Peter, partly because I was inspired by Peter Pan's flying antics and I want this little fellow here to have unrestricted movements too," she said.

"I get a lot of ideas from children's stories. Maybe I'm going back to being a child again.

But a precious child deliciously pretentious and a little kook, as she herself would be the first to admit.

But there is no denying that she is laughably creative, with ideas that may be difficult to some people but easily adaptable — and so lovable.

For example she has boleros, head scarves and neckties made of crochet squares held together with strings of wool. Bare-topped — and completely nonchalant in her semi-nudity — she modelled a bolero "which I made in an hour or so." Just six coasters stringed together.

I tried this colourful garment but teamed with a plain, one-colour dress — not Swedish and all that you know — and with the comment from the photographer "How square!" and

with-it — but why don't you try it without that dress.

That's how effective that simple bolero is.

She has been in Singapore six months and will be here for another.

"Then I will be off, perhaps to Portugal where I can have all the wine I want," she said.

"I can't work properly if I don't have a wine bottle in front of me.

"No, I'm not an alcoholic. The doctors tell me I'm more healthy drinking wine than water.

"I live on hardboiled eggs. I have a bleeding ulcer and nothing seems to agree with it."

Hardboiled eggs and a diet of daring 'POW'!

The Straits Times, 9 Mars 1969. Artikel skriven av Judith Yong

Efter all uppståndelse följde en hektisk tid med plikter och måsten, mingelpartyn och modevisningar. Jag ansträngde mig bäst jag kunde att hålla god min i detta rollspel och försökte leva upp till allas förväntningar. Men min sinnesfrid och kreativitet stördes.

Tom Deaver var en av de amerikaner som hade valt ett alternativt sätt att "göra sin plikt". Hans väg gick inte till Vietnam, Laos eller Kambodjas djungelkrig utan till Malaysia. Där byggde han hus efter egen design. Han blandade tradition med framtidsvision. Estetiska och funktionella boenden. Hus som var luftiga med högt i tak så den behövliga fläktande vinden kunde ge svalka när dagens hetta blev olidlig.

Efter alla drömmar, efter allt prat och spånande om vad folk skulle göra med sina liv kändes detta som något konkret, handling efter vision.

Tom blev en viktig motpol till den ytliga modevärlden. Han hade ett djup och handlade efter sitt samvete. Han hade en konstnärlig ådra och var mycket känslosam och i hans sällskap kunde jag slappna av och vara mig själv. Tom hade en motorcykel med en sidovagn och kom ofta och överraskade mig med plötsliga infall. Jag älskade att sitta i sidovagnen med vinden fladdrandes i mitt hår, upp och ner för backarna, fort, fort, fort…

Jag kände mig fri och sorglös när vi susade fram utan att veta vart färden gick.

Han spelade även flöjt och kunde locka fram trolska toner ur den. Tonerna passade tillsammans med skymningen och dofterna i trädgården och jag och He lyssnade som förtrollade.

Ibland vandrade jag och Tom omkring i Chinatown. Hans känsla för hus och former delade jag med honom men medan han fotade och matade kameran med bilder matade jag istället minnet.

Jag älskade mitt Chinatown och gjorde ständigt nya upptäckter. Chinatown var mitt andrum och min inspirationskälla.

På en av våra turer fick jag syn på en katt som slank in genom en trädörr som stod på glänt. Den väckte min nyfikenhet och jag följde efter utan betänksamhet. Rummet innanför var dunkelt och medan mina ögon ställde om från ljus till mörker försvann katten utom synhåll. Tjocka bjälkar höll uppe taket, väggarna var kalkade och golvet i trä. Det var sparsamt inrätt förutom en underbar utsirad spegel som stod lutad mot en vägg. Den var stor och hade en bred och vackert dekorerad förgylld ram. Jag gick fram till spegeln för att titta närmare på den och medan jag stod där och betraktade den hörde jag ett ilsket väsande bakom mig. Ljudet kom ifrån en gammal kinesisk gumma som var upprörd och ursinnig över mitt intrång på hennes revir. Jag log stort och försökte förklara och visa att jag bara ville väl och beundrade och uppskattade hennes vackra spegel. Hon förstod inte ett ord av vad jag sa men budskapet gick ändå fram. Hennes ilska var plötsligt som bortblåst och hon log försiktigt mot mig. Sedan tog hennes seniga och magra händer ett fast grepp om den stora tunga spegeln och hon närmade sig sakta mig för att överlämna den åt mig.

Häpen tog jag emot hennes storsinta gåva och förvånades över hur situationen hade utvecklats och kunnat ta en sådan vändning.

Livet är fyllt av överraskningar!

Inga julsånger sjöngs, ingen snö föll, ingen glittrande rimfrost på fönsterkarmen och ingen doft av gran, glögg och pepparkakor men julen närmade sig och Anne fick paket från England. Insvept i julpapper låg en engelsk fruktkaka bakad med russin, dadlar, fikon och nötter. Att ta en liten bit av denna mäktiga kaka var nog i värmen som rådde i Singapore. John, Anne och jag njöt av varsin bit av det mäktiga och mättande julbrödet. På grund av frukterna kunde den hålla sig saftig och god länge så Anne lät den stå framme.

Någon dag senare fick jag syn på kakan. John och Anne var ute så jag var ensam med kakan och nu fanns det ingen hejd på frosseriet. Jag slukade den ena biten efter den andra tills jag inte längre kunde stå på benen. När John och Anne kom hem fann de mig liggandes på den äkta persiska mattan med kaksmulor runtomkring mig och med magknip. Det som fanns kvar av fruktkakan gömde Anne från mig men det hade hon inte behövt göra för den innebar inte längre någon frestelse för mig.

En morgon drabbades jag av hög feber och frossa och ingen människa fanns där, de andra i huset hade redan begett sig till sina arbeten. Det var bara jag och He hemma. Att ha feber i ett varmt och fuktigt klimat var mycket värre än i ett kallt. På svaga ben tog jag mig iväg för att få läkarhjälp. Efter undersökningen fick jag en flaska medicin med något botemedel. Jag hostade nu kraftigt och febern härjade vilt i min kropp. Mödosamt tog jag mig hem igen och öppnade flaskan men just som jag skulle hälla upp den ordinerade mängden gjorde He ett blixtangrepp. Nästa sekund satt den tjuvaktiga markattan uppe vid takbjälkarna och i handen höll han medicinflaskan. Han visade tänderna och drack sedan upp allt i ett svep.

Hjälplös och matt av all ansträngning tog jag mig mödosamt upp till sängen. Jag drömde ömsom om varm choklad, yllefiltar och glödande eld. I detta omtöcknade tillstånd förblev jag ett par dagar.

På de otaliga mingelpartyna hade jag fått kontakt med flera designers och då det inte fanns många västerländska modeller att tillgå här blev jag ofta tillfrågad.
En malaysiska som kallade sig för Molly och drev "Molly Fashion House" ville ha hjälp av mig att visa upp sina kläder på en modevisning i Penang. Hon erbjöd att betala flyg och uppehälle samt en mindre summa pengar för min

insats. Att få lite miljöombyte och komma iväg över ett veckoslut lockade så jag tackade ja.

Hennes kläder var sydda av batiktyger och modellerna mycket traditionella. Jag skulle visa upp en snäv halvlång kjol med figursydd jacka som slutade vid höften. Jag tyckte nog att de malaysiska modellerna förde sig och klädde bättre i dessa plagg än jag gjorde men Molly ville prompt se hur hennes kläder skulle passa på europeiskor. Västerlänningar som var bosatta i Singapore var en växande och köpstark grupp och Molly liksom Phila-mae och andra i modebranschen ville försöka nå ut till dem.

Detta var min allra första flygtur någonsin och jag såg fram emot att få sväva högt däruppe i det blå. Men himlen är ju inte alltid blå och denna eftermiddag möttes vi av ett ordentligt oväder som tvingade oss att nödlanda i Kuala Lumpur och övernatta där i väntan på att stormen skulle bedarra.

Trots komplikationerna hann jag fram i tid och visningen blev lyckad men på grund av förseningen gavs det nu mindre tid att utforska Penang.

Penang var så lugnt jämfört med Singapore, färre invånare, mindre trafik och inga höghus som stoppade solen från att nå ner i gränderna. Då jag strövade runt på måfå fick jag syn på ett tempel som väckte min nyfikenhet. Jag lämnade det starka solskenet och kom in i ett dunkelt och av starka rökelser dimmigt tempelrum. Till en början hade jag svårt att se klart och urskilja detaljer men jag skymtade ett altare och trevade sakta fram mot det. På vägen dit vart jag upphunnen av en tempeltjänare som jag inte lagt märke till i mörkret och dimman. Han log välkomnande och tog en tjock och lång boaorm från sina axlar och lade den runt min hals. Stel av skräck, helt paralyserad, stod jag alldeles stilla.
Mina ögon började nu vänja sig vid mörkret och till min fasa upptäckte jag att hela templet beboddes av ormar. Jag befann mig mitt i en ormgrop och allting krälade omkring

mig. I mitt skräcktillstånd stod jag blickstilla och tyst och väntade på bettet, giftet och döden.

Lyckligtvis lyckades jag ta mig ut och jag stannade inte upp för att ta reda på mer om detta ormtempel och denna form av dyrkan.

För mig var fäktning liktydigt med Zorro, filmhjälten som visades på söndagsmatinéerna när jag var liten. Han var outtröttlig i kampen mot det onda och segrade alltid. Med sin värja ristade Zorro in segertecknet Z där han kämpat och vunnit.

Jag fick nys om att det fanns en kurs i fäktning i Chinatown och beslöt mig för att delta. Att lära sig stegen var som en dansform, graciöst och stilrent och att bära svärd och fäktningskläder fick mig att känna mig som klädd i segerskrud. Värjan gav mig makt att kunna försvara mig mot allt och alla och masken skyddade och gömde mitt ansikte för mina motståndare.

Kursen hölls på kvällarna så jag bestämde mig för att hyra ett rum i stan för att slippa dyra taxiresor. I samma hotell där opiumstället fanns blev ett litet rum ledigt som jag fick hyra månadsvis för en billig slant. Rummet låg på andra våningen och såg ut som ett vindskontor byggt av träplankor och hönsnät.

En kväll när jag var på väg till fäktningskursen stötte jag ihop med en fransman. Han darrade märkbart och såg väldigt tärd ut.

Jag frågade hur det stod till och fick veta att han efter lång användning av morfin nu försökte tända av, dagen därpå skulle han nämligen fara hem till sin fars begravning.

Jag såg på honom att han behövde en stunds lugn och ro för att samla ihop sig så jag erbjöd honom att vila ut en stund i min lilla skrubb.

Efter kursen skyndade jag mig iväg till min övernattningslya utan att byta om för att se hur det stod till med min skyddsling. Han hade fått den enda nyckeln och mina knackningar och rop gav ingen respons så jag beslöt mig

för att klättra upp och kika in genom hönsnätet. I full mundering klättrade jag så upp, stack värjan mellan nätmaskorna och försökte peta på honom med spetsen samtidigt som jag ropade genom masken.
När han till slut vaknade ur sin dvala for han upp med ett ryck och darrade av skräck då han fick syn på denna maskerade varelse som angrep honom. Innan jag hann förklara mig for han upp och ut ur rummet och sprang med ilfart nedför trapporna utan att vända sig om.

Då jag insåg hur skrämmande detta uppvaknande måste ha varit för min stackars skyddsling och vilken björntjänst jag gjort honom kände jag mig lite skamsen men även full i skratt.
Zorro!...Sorry! Swish, swish…ZZZ!

Phil-mae's ständiga inbokningar till cocktailpartyn, möten med modefolk och modevisningar där jag förväntades att delta tog mycket tid och kraft. Jag var tvungen att le, skratta och leva upp till bilden av en ständigt idésprutande och unik modeskapare. Jag fick även ta emot lunchinbjudningar från alla håll och kanter som jag förväntades att gå på.

Ett sällskap av svenska damer träffades en gång i veckan på Raffles Hotel för att prata svenska och utbyta nyheter (skvaller) från fosterlandet. Att artikeln om mig hade innehållit viss kritik mot Sverige och västvärlden gillades inte alls så i försök att omvända mig bjöds jag in för att förstå värdet av våra svenska traditioner.
Jag hade inget gemensamt med dessa kvinnor som inte hade något intresse av att ta till sig andra kulturer så det blev ingen fortsatt kontakt.

Få stunder fanns att hämta andan och leka fram nya idéer och tillslut blev allt detta för mycket för mig.
Att pendla mellan ytterligheter såsom jag gjorde; ena stunden bland media och modelejon och deras ytlighet sedan bland rickshawförarna och opiumpiporna drev mig slutligen mot en oundviklig kollaps.

Kollapsen drabbade mig i Chinatown. En jättevåg av
panik sköljde plötsligt över mig och fick mig att tappa
fotfästet och talförmågan. Hjärtat dunkade vilt och paniken
växte och höll mig i ett järngrepp.
Jag var tvungen att snabbt ta mig hem, krypa undan i en
ensam vrå och stänga en dörr mellan mig och omvärlden
så jag hejdade en taxi. Jag försökte få fram adressen men
inte ett ord kom över mina läppar så jag fick istället
slutligen skriva ner den.
    Sedan följde tre dagars helvete.
Väggarna syntes mig vara fyllda av spindlar, stora och
små, och jag hörde röster som på svenska förtalade mig.
John och Anne var inte hemma under dessa dagar och
Willetts var ute på nåt av sina äventyr så jag fick bekämpa
dessa demoner själv. Jag var livrädd för att möta någon
som skulle börja prata med mig och samtidigt alltför
rastlös och skyddslös för att känna mig trygg någonstans
så jag gav mig ut på långa nattliga promenader.
    Jag upptäckte även små papperslappar som låg i mina
skor med obegripliga tecken som skrämde mig. Hade jag
skrivit dem själv eller var det "black magic"?
    På den senaste tiden, sedan jag kommit hit, hade jag
förlorat mycket vikt och låg nu under fyrtiokilos strecket. I
efterhand, långt senare, har jag fått reda på att kroppen blir
urkalkad av opiumbruk men det var inget jag kände till då.
För mig syntes opium fortfarande som en bra nyckel för att
öppna inre dörrar och jag såg inte sambandet mellan
kollapsen och opiumbruket.
    Efter regn kommer dock solsken och mörkret gav vika
för ljuset. En överväldigande känsla av rening som ett
pånyttfödande infann sig. Världen syntes mig förunderligt
vacker och barnramsor och gamla visor rann som ett
porlande och friskt vatten ur mitt nyväckta sinne. Med alla
sinnen vidöppna mottog jag vibrationer av ljusklar helhet
av kosmos. Jag satt rofylld under avokadoträdet i
trädgården fylld av harmoni tillsammans med He och

sjöng sång efter sång för honom. Jag kände mig som ett med allt.

Willetts dök plötsligt upp och satt ner med oss och berättade för mig om Buddhas upplysning och drog paralleller mellan mig och mitt nuvarande sinnestillstånd.

Så småningom, kanske efter några timmar, kanske efter några dagar återkom behov och lust att lämna trädet och trädgården. Jag hade nu återfunnit styrka att åter möta omvärlden men att återgå till hets, press och tvång fanns inte med i min framtidsplan.

En befriande känsla av konst och skaparglädje utan väggar och regleranden hade infunnit sig så jag tog mig till Philamaes butik för att hämta tillbaks mina saker. Det handlade inte om någon osämja utan bara två skilda livsstilar och jag insåg att modevärlden inte passade för mig.

Sedan gick jag runt i Chinatowns små gränder och lekte med barnen med mina sprattelgubbar och lämnade dem sedan i deras händer där jag tyckte att de passade bäst och hörde hemma.

En amerikan med en malaysisk flickvän bjöd på en stor födelsedagsfest över ett veckoslut. Festen var planerad att vara i tre dagar, öppet hus med massor av folk som kom och gick och mängder av droger och musik non-stop. Folk dansade, vandrade i trädgården och alla var lösa och lediga. Ingen behövde passa vad de sa eller tänka på hur de uppträdde och uppfattades. Var man trött lade man sig ner och sov ett tag, var man hungrig öppnade man kylskåpet och lagade till något. Ett "open-door-party".

Efter något dygn trädde dock Lagen in och avbröt oss och skapade fullständig förvirring.

"Snabba ryck! Samla ihop allt, samla ihop allt!"
De som hade någonting på sig eller med sig samlade snabbt ihop detta och amerikanen sprang skyndsamt och i lönndom iväg med drogerna och slängde ned dem i en postlåda.

Poliserna gick runt och antecknade en del av gästernas namn, nationalitet och adress. Trots att jag inte tillfrågats visste jag att jag var igenkänd.
Behöver jag nämna att festen var slut!?

Några dagar senare spatserade jag som vanligt i mina älskade kvarter då en polisbil stannade intill mig och jag ”ombads” att stiga in och följa med till stationen.

Singapore skulle nu bli en ”ren” stad, mer västerländsk och städas upp. Fattigdomens misär skulle sopas bort (under mattan..?) och hus skulle rivas. Chinatown skulle bort och drogmissbrukare rehabiliteras. Rickshaws skulle ersättas av taxibilar, trähus av skyskrapor och allt skulle bli modernt med så kallad ”hög standard”.
(Vart skulle ”skräpet” ta vägen?)

Det finns alltid en fram- och baksida av allt och om framsidan ska vara ljus och skinande blank så blir baksidan desto mörkare…

Jag ”ombads” att lämna Singapore snarast men fick en tidsfrist på några dagar att packa ihop mina pinaler och ta farväl. Efter ett år i Singapore hade bagaget vuxit till obärbarhet trots att jag lämnade kvar ting såsom den stora, utsirade spegeln.

He skulle tas om hand av först John och Anne och när det var dags för dem att lämna skulle trädgårdsmästaren Raman ta hand om honom. Men ödet ville annorlunda. En av grannarnas stora hungriga vakthund rusade plötsligt in i vår trädgård och blixtsnabbt tog besten He i nackskinnet och rusade iväg med sitt byte hjälplöst dinglande i sina bestialiska käftar. Skrikande sprang jag efter men var chanslös att komma ikapp.
Det var sista synen av min älskade apa men han hade lämnat kvar oförglömliga minnen, en bekantskap så kär.

Mina kinesiska opiumrökare, de seniga rickshawförarna och jag rökte en avskedspipa. Pipskötaren gav mig adressen och sa att han skulle skicka små paket om jag behövde.

Jag hade ingen aning om vad som nu väntade mig förutom att min nästa anhalt var Japan.
Slutligen, när inga fler tårfyllda avsked återstod, var det dags att stiga ombord på "Laos". Samma skepp som jag kommit med till Singapore ett år tidigare skulle nu ta mig därifrån.
Polisen hade "diskret" följt efter mig för att se att jag verkligen kom iväg, men de hade inte gett mig en utvisningsstämpel i mitt pass…

japan

Efter en lång och stormig resa nådde vi äntligen Japans
kust och lade till i Osakas hamn. Jag hade flera kistor fulla
med kläder och saker som jag samlat på mig under
Singaporetiden men fick hjälp att komma på tåget till
Tokyo.
　Tokyo var en välorganiserad miljonstad med en helt
annan sorts trängsel än i Indien och det kändes som om jag
landat i framtiden. Framtiden för japanerna var sedan
andra världskriget att kämpa för en stark ekonomi,
konkurrensen var stenhård ända från barndomen och allt
och alla syntes vara på väg mot ett rikt och perfekt
supersamhälle.
”Den amerikanska drömmen –den japanska drömmen…?”
　Om regnet föll köpte folk ett paraply och när regnet
sedan upphörde hamnade det i närmaste papperskorg.
Jag kände mig främmande inför ett sådant slöseri, i de
övriga länderna hade jag ju sett hur allt togs till vara på
och återanvändes.
　Då jag inte hade haft någon längtan att lämna
Singapore kände jag ingen större glädje över att vara här.

Vilsen och bostadslös och med alltför tungt bagage beslöt
jag mig för att ta mig till svenska ambassaden och se om
de kunde hjälpa mig. De hänvisade mig till en bostadsför-
medling som låg i området Shinjuku och erbjöd sig att ta
hand om min packning tills jag hittat husrum.
På förmedlingen stötte jag på tre japanskor från Okinawa
som liksom jag var nyanlända i Tokyo och var på jakt efter
lägenhet.
Priserna var som husen -skyhöga!- så jag slöt samman med
dem för att spara på slantarna. Vi hittade en liten tvårumm-
are i Shinjuku till rimlig kostnad och jag tog mig genast
tillbaka till ambassaden där jag hämtade min packning och
lämnade min adress.
Så fort jag var färdig med allt det praktiska gav jag mig ut
på stan för att se mig omkring.

-"Arigato, arigato"
Vid entréerna till varuhusen stod japanskor klädda i
kimonos och bugade djupt och välkomnande. Jag strövade
runt i ett av varuhusen och provsmakade mat och dryck
och chockades av priserna, framför allt frukt och grönsaker
var fruktansvärt dyra.
Sedan Afghanistan och magsjukan hade frukt och grönt
varit min huvudsakliga kost men här skulle jag nog tvingas
att lägga om mina vanor.
För att överhuvudtaget ha råd att vara kvar här insåg jag att
jag var tvungen att snarast hitta ett jobb.
Varuhuset var jättelikt och välsorterat och i en hörna
upptäckte jag "Keiko rise art shop" med kläder designade
av Keiko och två bröder.

De hade en egen och personlig stil så jag gick dit och
berättade om mina virkade alster. De var nya i branschen
men satsade stort och helhjärtat och var mycket
intresserade av nya stilar och idéer så vi bestämde tid för
möte och uppvisning.

Det hade varit en lång dag och jag började nu känna
mig trött men jag var mer än nöjd över hur saker och ting
hade utvecklats. Det kändes som om jag redan fått in en
fot här och jag kunde skönja fortsätta framsteg.
Mörkret föll och jag hoppade in i en taxi för att ta mig
tillbaka till lägenheten. Det fanns inga gatunamn och hela

gatubilden var förändrad, affärernas skyltfönster var nu
fördragna av ståljalusier och mina få riktmärken för-
svunna. Jag åkte runt, runt på måfå men kände inte igen
mig och till slut erbjöd taxichauffören mig att sova i hans
lägenhet medan han jobbade.

I hans lilla etta fanns det mer tekniska nyheter än jag
någonsin förut sett. Där fanns stereoapparater med finesser
av senaste modell, tv apparater med massor av kanaler,
elektrisk vattenkokare, elektrisk filt...hela rummet var
elektriskt!
*"Du kan glömma dina ensamma stunder, du kan lita på
teknikens under"!?*
I mitt övertrötta tillstånd somnade jag strax in till de
knäppande och knastrande ljuden.

Morgonen därpå väckte den snälle taxichauffören mig
med kaffe från sin elektriska kaffebryggare och efter
morgonkaffet skjutsade han mig till den svenska
ambassaden där jag ju tack och lov hade lämnat min
adress.
Jag hade nog aldrig hittat tillbaka annars.

Varje morgon rullades madrassen och filten ihop och
stuvades undan. Lägenheten var kal och opersonlig, inget
fick fästas upp på väggarna. Renligheten var A och O,
kläder som redan var rena tvättades dagligen och golvet
skulle sopas och torkas varje dag. Dagarna gick åt till
dessa rutiner och på kvällarna jobbade jag på "Hidick", en
klubb dit företag sände sina anställda för att förkovra sig i
det engelska språket och slappna av.
Vi tjejer, japanskor och några västerländskor, satt med vid
de små borden och bjöds på dyra drinkar, våra var dock
bara färgat vatten för att vi inte skulle bli sluddriga.

På "Hidick" arbetade Janice Brown, en amerikanska, som
jag blev vän med.
Efter bara några dagar var jag redan helt less på de tre
Japanskornas eviga städande och tvättande så jag tog mitt
pick och pack och flyttade in på ett billigt hotell där bland

annat hon, hennes man Bill och Bills bror Tom bodde. Där
var det mer fart och mer liv. The Rolling Stones, Jimi
Hendrix, Janis Joplin och framför allt Bob Dylan spelades
på hög volym. Folk dansade, sjöng och spelade med.
Många hade bott på hotellet en längre tid och alla var vi i
Tokyo för att arbeta. Arbetstillfällena var många och en del
undervisade i engelska, andra tog statistjobb i filmer eller
jobbade på nattklubbar. Efterfrågan på engelsktalande
västerlänningar var stor och vi kunde välja och vraka bland
jobben.

Min rumskompis Peter Humle Cross från England var
en mycket strikt, rakryggad och stel person. Han jobbade
som nyhetsuppläsare på radion och hade anlänt till Tokyo
en månad tidigare.

Peters dagar var fyllda av olika ritualer och hans liv
styrdes tvångsmässigt av hans tidtagarur och gav inget
utrymme för avvikelser och spontanitet. Allt var noggrant
planerat och han följde alltid sitt schema till punkt och
pricka.

Exakt samma tid varje morgon preparerade han omsorgs-
fullt sin frukost. Olika nötter, bröd, dryck och torkad frukt
fanns på hans frukostmeny och varje munfull skulle tuggas
trettio gånger innan det var dags att svälja.

Effektiva och perfekta Peter tog med sig sin frukostbricka
på tunnelbanan till jobbet, räknade varje tugga under resan
och timade frukosten och resan som tog exakt trettio
minuter.

Hade han även avsatt tid för att njuta av frukosten..?

Peter satte på sig sin ögonbindel och sina öronproppar
exakt samma tid varje kväll för att få exakt åtta timmars
sömn. Han var inte med på rumsfesterna men stördes
heller inte av dem och klagade aldrig. Ögonbindeln gav
honom nattmörker trots ljus och öronpropparna stängde
ute allt ljud och gav honom ro.

Jag litade på Peters tidtagarur men inte alls på hans
utvecklingsfas.

I Indien hade Peter lärt sig en utrensningsprocedur av tarmarna. Gasbindor skulle sväljas, meter efter meter för att fånga upp slagg och orenheter. Peter svalde och svalde och kräktes och kräktes om och om igen.

Alla hade vi olika anledningar till att vi lämnat hemmet och rest iväg, I Peters fall var det för att lära sig att slappna av…

Liksom Phila-mae var Keikos önskan att nå långt utanför Japan. Hon jobbade stenhårt trots att hon var en ensamstående mamma och ville inget hellre än att slå sig fram i den tuffa modevärlden och göra sig ett namn.
De två bröderna låg inte heller på latsidan och de tre var ett väl sammansvetsat team. Jag och mina kläder stämde in och välkomnades till "Keiko rise art shop".

Arbetet på "Hidick" började inte förrän sen eftermiddag så hela dagarna var fria. Det gav mig tid att sätta igång och samarbeta med Keiko och de två bröderna och jag tillbringade de flesta dagarna i butiken.

Mina virkade kläder hängdes upp men hoberna var kvar i Singapore. Sagan om ringen var nog ändå inget som gick hem hos japanerna.

Jag saknade Chinatown och Singapore. Här i Tokyo var allt så dyrt och modernt. Folk var stressade och överambitiösa och hade ofta två till tre olika jobb. Mellan arbetspassen tog de ibland en tupplur på en biograf istället för att åka hem då resan var för lång och tiden för knapp.

Jag skrev till min vän på opiumstället och behövde inte vänta länge på svar och i hans brev låg små välbekanta paket. Små opiumpaket!

Opium och andra droger var strängt förbjudet här så det gällde att vara försiktig och smyga. Här hjälpte heller inga mutor. Det fanns inga pipor att röka det i så istället löste jag upp det i koppar med te. Brev med små paket damp ner titt som tätt.

Att jobba på "Hidick" var inte särskilt krävande och det gav lättförtjänta pengar. Det enda som krävdes av oss anställda var att vi skulle kunna engelska och sitta ner med våra låtsasdrinkar och uppmuntra gästerna till samtal och diskussioner på engelska.

Gästerna var i regel betalda av sina företag för att komma dit, istället för att trassla och traggla med böcker och gå på olika kurser var det här ett mer avslappnat alternativ till att lära sig det engelska språket. Med lite alkohol i kroppen lossnade tungans band och de tordes försöka utan rädsla för att säga fel och tappa ansiktet.

En gäst som ofta kom till "Hidick" bjöd med mig till Kyoto. Han var en ung, ogift man och nu tyckte hans föräldrar som bodde i Kyoto att det var dags för familje-bindning.

De hade sänt ett foto på den tilltänkta bruden och mötet mellan familjerna och det tilltänkta brudparet skulle ske i Kyoto.

Jag var intresserad att få delta i ett så viktigt steg i en människas liv och samtidigt förvånad över att Japan trots sitt yttre moderna ansikte hade kvar sådana djupa och obrutna ritualer. Med tåg reste vi till Kyoto och staden var helt olik Tokyo med hus i traditionell japansk stil och massor av olika buddhistiska tempel. Alla krattningar i sanden runt templen var exakta. Allt var perfekt tillrätta-lagt och så otroligt utstuderat där varje sandkorn syntes veta sin plats och varje fåra som krattats hade en mening och ingick i ett kosmiskt mönster.

Dessa lugna och välanpassade rörelser, så schemalagda och så ogreppbara… helt utanför tid och rum…

Hans föräldrar var liksom alla andra här klädda i kimonos. Skorna som alla bar var av träbottnar och med två förhöjningar och en läderrem som höll dessa kvar på fötterna. Gången blev med dessa skor försiktig och stegen små.

Skorna skulle bytas vid tröskeln till vart rum och där stod nästa par och väntade. Rummen var ouppvärmda och kyliga men vid måltiderna lades glödande kol i ett lång smalt metallkärl i mitten av bordet, benen stack man in under bordsduken och på så sätt värmdes även kroppen upp. Naturligtvis åt man med pinnar och jag var glad att jag lärt mig denna konst i Singapore och kunde hänga med på risinskyfflingen.

Mötet skedde på en restaurang med en vacker utsikt över berglandskapet. Det var någon buddistisk högtid och på bergen lös eldar.
Det tilltänkta brudparet hälsade artigt på varandra men det märktes ingen större nyfikenhet på den blivande livspartnern. Stämningen under middagen var lugn och artig men ändå inte stel och datum fastslogs. Nästa dag åkte vi tillbaka till Tokyo.

Han låg där som ett klädbylte och intill honom fanns en träkäpp. Jag hade sett honom flera gånger förut, alltid omkring tunnelbanan i Shinjuku. Hans ansikte var fårat och kläderna säckiga och märkta av livet på gatan. En dag ville jag visa honom att jag hade lagt märke till honom, och fast han aldrig tiggt om hjälp ville jag ge en liten slant till dagligt bröd.
Jag lade några mynt intill honom och plötsligt och helt överraskande for han upp. Spottandes och fräsandes grep han efter sin käpp och slog rappa och hotfulla slag i luften mot mig. Skräckslagen flydde jag.

Janice hade fått tag i meskalintabletter och vi slängde i oss några var en kväll innan vi skulle börja jobba. Trippen började snart verka och jag kände en stark ovilja att befinna mig i en storstad. Jag ville ut i naturen, få frisk luft och känna mig fri och inte sitta instängd på en unken klubb.
Aldrig mer! Så denna kväll när jag kom in på "Hidick" tittade jag mig omkring och vände på klacken och sa hejdå!

Ju mer trippen verkade desto starkare blev behovet av
natur och i en taxi tog jag mig till vad jag trodde var havet,
men förmodligen var en damm i en av stadens parker.
Jag gick vid och i vattnet och fick syn på en fastkedjad
trästock. Denna skulle jag till varje pris befria och lösgöra
från sin kedja. Ett uppdrag som tog mig hela natten.
Jag slet och drog och när gryningen kom flöt stocken
befriad iväg. En symbolisk handling; - allt och allas rätt till
frihet!
Gryningsljuset lös på växter och blad runtomkring mig
och jag upplevde varje nervtråd i bladen och kände
sambandet mellan människan och naturen.

Många duktiga förmågor inom fototeknik hade börjat
skönjas i Japan. En av dessa var Tadashi Omori och
honom kom jag att lära känna genom Keiko.
Tadashi var en ambitiös, hårt strävande och konstnärligt
sinnad man. Han var tystlåten men genom sina foton
gestaltade och uttryckte han känslor och tankar.
En bildseende person är född med en begåvning och ser
omvärlden i uttrycksfulla bilder. Tadashi hade tagit till
vara på och utvecklat denna medfödda begåvning och hans
bilder fascinerade mig.
Med Keiko som tolk kom Tadashi och jag överens om
att påbörja ett samarbete med mig som modell och han
som fotograf. Trots att Tadashi inte kunde någon engelska
var hans förmåga att kommunicera och uttrycka sig via
bild så förmedlande att vårt samarbete inte blev lidande.
Kanske tvärtom?
Det var aldrig obekvämt, hetsigt eller nervöst att posera
när Tadashi höll i kameran. Jag poserade inte efter hans
direktiv utan agerade fritt och efter egna känslor som jag
ville gestalta. Trots att jag inte bar några kläder kändes det
aldrig utsatt att naket exponera mig.
Tadashi lärde mig att se kroppen som ett konstverk,
ditintills hade jag sett på kroppen endast som ett skal kring
själen och tyckt att detta skal krävde alltför mycket

omvårdnad. Varför skulle man offra så mycket tid på detta ytliga skal? Tid som istället kunde användas till att vårda och nära själen?

Foto av Tadashi Omori

Tadashi fick mig att uppskatta kroppen, inte som ett objekt utan som ett verktyg. Ett verktyg för själen. Jag hade alltför länge fokuserat alltför mycket på att ge näring åt själen och totalt försakat kroppen på sistone. Kilona hade rasat och kroppen var utarmad och jag insåg nu att en balans mellan kropp och själ var nödvändig. Kroppen och själen är ju sammanlänkade och påverkar därmed varandra.

Ibland var jag med i mörkrummet och såg bilderna växa fram ur vätskorna. Det kändes nästan magiskt och jag var djupt imponerad av teknikens möjlighet och hur Tadashi kunde bemästra den. Till bilderna tillfogade jag

poetiska texter på engelska och tillsammans satte vi upp
utställningar runt i Tokyo.

Samtidigt fortsatte jag förstås att arbeta med Keiko och
bröderna. Ständigt hade jag garnnystan och virknål i
beredskap och ruta efter ruta blev till alster efter alster.

Jag liksom de flesta andra på hotellet försökte jobba ihop
pengar för kommande resor. Då Japan var så dyrt var det
inte lätt att hålla i slantarna så vi utvecklade några
sparknep. Varje morgon gick några av oss till de stora
varuhusens matavdelningar och åt oss mätta på provsmak-
ningsmat.
De sa aldrig till oss och visade aldrig missnöje med vårt
snyltande men de måste ha känt igen oss.
Trots att vi bodde i Shinjuku som var Tokyos nöjeskvarter
höll vi oss på hotellet på kvällarna om vi inte arbetade. Det
var alldeles för lätt att slösa bort en hel veckas besparingar
på en kväll ute på stan. Dessutom lockades vi inte heller av
nattklubbarna utan trivdes bättre med att sitta tillsammans
i någons rum och spela, sjunga, prata och röka.
Keiko kom upp i ännu högre varv då en berömd modell,
Veruschka von Lehndorff, var på väg till Japan. Hon
satsade och hoppades på att få göra hennes kläder och
inför ankomsten tog hon fram utvalda plagg.
Veruschka var lång, mycket lång, nästan två meter och
kontrasten mellan henne och det kortväxta Japanska folket
var absurd. Jag hade virkat en kappa som jag förlängde
och som skulle ges bort i reklamsyfte. TV var där, massor
av fotografer och pressfolk och Keiko lyckades att inför
massmedia få Veruschka att bära kreationerna men en
stressad och svårflörtad manager/pojkvän satte stop för
hennes planer att bli personlig designer.

Veruschkas manager hade ett ständigt vakande öga över
deras affärsrörelse, med henne som säljvara och han som
säljare. Nöjen och avkoppling ansåg han vara förspilld tid
men hon och jag lämnade trots hans protester och många
invändningar honom, telefonsamtal och inbokade möten

för en kväll på stan. Hon ville höra om mina upplevelser under mina resor. Den yttre och inre resan. Hon var på väg i en annan riktning än pojkvännen och ville finna en djupare mening med livet och komma ifrån den meningslösa materialistiska strävan.

Under vårt samtal insåg jag faran av att låta sig utnyttjas och utarmas ensidigt och ytligt. Att inte låta intuition och ledstjärna få gehör leder förr eller senare till en total tomhet inom en människa. Begåvning är en värdefull skatt som måste värnas om.
Veruschka var lyckad och framgångsrik men verkade inte lycklig.
Det blev kallare och kallare, vintern var på ingång och kylan på hotellet började bli olidlig. En del införskaffade värmande elektriska filtar men den elektriska kapaciteten blev lätt överbelastad och propparna gick. På det nedre planet fanns ett gemensamt bad som var skållhett och alla radades upp och stod på led för att hoppa i. Flera gånger tvekade jag då det var min tur att dyka ner i det rykande, heta vattnet och ställde mig sist igen för att samla mod. Efter doppet såg man ut som en skållad gris och sprang snabbt upp till rummet för att dyka ner under täcket och försöka behålla värmen en stund.

Hela det oket som jag i en västvärld blivit fostrad att bära men sökt undfly låg åter här på mina axlar. Japan och japanerna påminde mig alltför mycket om det jag lämnat och ifrågasatt meningen med. Känslan av plikt mot samhället och det gemensamma kollektiva målet som stod över den enskilda individens sökande.
Tyngden kändes som bly och tillståndet av frid och inre tillfredsställelse kändes långt borta. När skulle en sådan känsla åter kunna bo i mig?
Hur skulle den återkomma?
Dessa tankar och denna längtan fyllde mig…

”the west is the best?”

”Reklam i neonljus tvingar oss att se dit. Bit för bit ersätts eventuella egna åsikter med en och samma uppfattning för alla.

– Du kanske inte vet det, men du sitter i ett snöre och rycker jag i snöret så sprattlar du till, ha! Jag kan lura dig att sprattla hur jag vill.

Nöjen väljs åt oss, vissa ting sägs vara roliga. Då måste vi anse det. Roar det oss icke anses vi underliga, onormala. Plockas då in för vård, ty en annorlunda är farlig för sin omgivning.

Aldrig vågar vi visa vårt onormala sinne för någon, kanske inte ens för oss själva.

Runt vår cirkel håller utsedda ordningsmakter varandra i hand. De vaktar oss ständigt, knuffar in oss om vi slinker ut ur ringen.

Med våra stela, rakt framåtriktade ögon och glasartade blickar stegar vi på, utan egna tankar, hela tiden dirigerade i vårt handlande.

Hos vissa av oss har dock ett olämpligt och förbjudet anlag smugit in, en längtan och en strävan efter mening i denna cirkelgång –livet.

En längtan som icke accepterar bindeln för ögonen, en längtan som söker visshet och klarhet. Likt ett gift sprider den sig i tankar för att så småningom helt dominera. Svår att bära i nuet. Ständigt stöter den på murar av oförståelse, likgiltighet och ogillande.

En tröst är dock att vi enbart är ett led i utvecklingen. Generationer i framtiden skola alla vandra utan längtan efter något mer, nöjda med allt de fått, vara tysta och dansa med när silkessnöret rycker åt något håll.

Livegna bliva vår produkt, vårt barn.

Vi producerar en ny slav.”

När dessa tankar väl slagit rot gick de inte att hejda. Trots att allt flöt på bra saknades något och denna saknad tärde och gnagde i mig.

Utåt sett var allt okej och jag kunde inte sätta fingret på vad som var fel men jag visste att situationen var ohållbar och att det började bli dags att söka lyckan på annat håll.

Tom, den amerikanske arkitekten från Singaporetiden, dök plötsligt upp på min tröskel i samma veva som jag börjat planera för min avfärd.
Efter att ha bott i Singapore och Malaysia i två år och därmed fullgjort sin vapenfria tjänst och samhällsplikt hade han återvänt till Texas men snart insett att han inte ville stanna i Amerika. Vi hade haft brevkontakt så han visste vart jag bodde och dök alltså plötsligt upp utan någon förvarning.
Kylan höll nu både min kropp och min själ i ett isgrepp och jag beklagade mig över allt, över kylan, över livsstilen i materialistiska samhällen och över den meningslösa jakten på "framgång" som bara födde begär efter mer och mer…

I Texas hade Tom funderat och planerat inför framtiden och i hans framtidsplaner fanns även jag. Han hade tagit kontakt med en flöjtmakare som bodde i en liten japansk bergsby och ville att vi skulle flytta dit.
Tanken på snöklädda bergstoppar, isiga vattendrag och än värre kyla lockade verkligen inte. Vad jag behövde var sol och värme och jag insåg att solens varma och ljusa strålar var vad jag saknade.
Toms planer grusades något men han begav sig till bergen och flöjtmakaren och kanske sitter han ännu på en bergstopp och spelar på sin flöjt och sörjer att jag inte dansat efter hans pipa?

Innan våra vägar skildes åt hade jag en stor avskedsfest på hotellet och då jag nu skulle ge mig ut på resande fot igen ville jag inte ha något tungt bagage att släpa på så allt som inte var nödvändigt eller alltför kärt gav jag bort.
Jag lämnade så Japan med en liten och lätt packning, förutom en del kläder fanns väggbonaden från Ceylon,

Omar Khayyam boken och "Chinese characters", en bok
jag fått av Tom, med i min kappsäck.

Återigen steg jag ombord på "Laos", denna gång bar
det av mot Bangkok och varmare och soligare breddgrader.

I Hongkongs hamn

Min frusenhet i kropp och själ låste tillfälligt ut nyfikenhet
på mina medpassagerare.
Det tog tid att tina upp.
Jag behövde få vara i fred ett tag och höll mig till en
början för mig själv och virkade mormorsrutor i rask takt
och tänkte och funderade på allt och inget.

"Laos" gjorde ett stopp i Hongkong för av- och
påstigning men stoppet blev mycket längre än vad som var
ämnat.

Strax innan båten skulle avgå steg en hjord av tullare
ombord och alla fick lämna sina hytter för att samlas i
salongen. Hela båten skulle grundligt genomsökas, alla
hytter noggrant gås igenom och allas bagage vändas ut och
in på. Var och en av passagerarna utfrågades om vart vi var
på väg, var vi hade varit och i vilket syfte. Timmarna gick
men båten släpptes inte iväg och tullarna gav sig inte.

Jag bar hela tiden runt på mina garnnystan och virkade
febrilt för att dölja min rädsla, saken var nämligen den att i
mina nystan hade jag gömt några små opiumpaket.
Stoppet drog verkligen ut på tiden och jag blev tvungen att
sakta in takten något på virkandet så jag inte nådde slutet
av mina nystan!

Helt upptagen av min egen rädsla märkte jag inte att
många andra också var oroliga. I sju långa timmar hölls vi
i ovisshet men tillslut hittades ett kilo hasch bland en
australiensisk tjejs tillhörigheter. I följe av tullarna fick
hon lämna båten och vi kunde äntligen lägga ut.
Ännu en gång hade jag haft en oförtjänt tur och jag drog
en djup suck av lättnad liksom flera andra.

Efter att ha varit hårt hållna av Lagens långa arm så
länge var vi alla omskakade och jag slöt mig nu samman
med mina medpassagerare.
Resten av båtresan flöt lugnt och jag småpratade med
andra resenärer och kom så att lära känna en engelsk tjej
som hette Jill. Hon var på väg till Bangkok för att se hur

det egentligen stod till med sin äldre bror. Ett par år
tidigare hade han lämnat London och begett sig österut och
på sistone hade hans brev gjort henne orolig. Det verkade
som om han var på villovägar och i behov av systerligt
stöd.

thailand

Bangkok till Nong Khai

Båten lade till i Bangkoks hamn och de som reste sparsamt tog in på Thai Song Greet Hotel. Där bodde även Jills bror sedan en tid tillbaka så jag och Jill följde "strömmen" dit. Det var ett enkelt hotell nära kanalerna med en liten restaurang i bottenplanet där olika varianter av "fried rice" fanns på menyn.

Thai Song Greet Hotel, fotograf okänd

Bangkok var en typisk asiatisk storstad och hade ett utbrett kanalsystem som gjorde det lätt att ta sig fram i staden. Små flatbottnade träbåtar fraktade inte bara människor utan även stora lass av frukter och grönsaker runt i staden.
Nu fanns återigen ett överdåd av växtrikets godsaker att tillgå och priserna var låga, näst intill gratis. Återigen kunde jag återgå till min fruktdiet och unna mig mango, papaya, ananas, avokado och andra tropiska läckerheter.
Solen gassade och kläderna kändes ständigt fuktiga och klibbiga mot huden trots att jag bar lösa och tunna tyger.

Batiksaronger i vackra mönster och färger bars av både thailändarna och unga resande sökare. Det kändes bra att ha lämnat kylan, elektriska filtar och skållheta karbad bakom mig.

Jills bror mötte henne med en föraktfull hållning. Han attackerade hela hennes livsstil, kläderna hon bar var fel samt attityden, stelheten, hållningen… allting var fel! I hans ögon var hon slav under det engelska kravet. Hans strid mellan olika samhällsmönster gjorde det omöjligt för honom att välkomna och omfamna henne som en syster. Han var tillsammans med en thailändska och tyckte att thailändare var både vackrare och hade en bättre livssyn.
    Jill tog emot hans utbrott och anklagelser med bedrövelse och ännu mer oro. Hans dröm att bli ett med Thailands kultur, religion och folk tycktes overklig då han samtidigt inte hade någon verklig grund att stå på. Hans sista ord till henne var *"res och se världen!"*.
    Mellan de båda syskonen var gapet i nuläget lika stort som mellan öst och väst. Mötet hade inte alls blivit som Jill tänkt sig och inte alls den ömma återförening som hon hoppats på. Jill var glad att jag fanns vid hennes sida när hennes bror totalt svikit henne.

Jag saknade min lille kamrat "He", busen med guldhjärtat! Jag saknade någon att ta hand om och som behövde min omsorg. När jag och Jill var ute på en promenad fick jag syn på en djuraffär och bland ormar, tropiska och färg-granna fåglar och akvariefiskar satt en liten gibbonapa fastkedjad på golvet. Hon var ljus i pälsen och mycket liten, egentligen alltför ung för att vara utan sin mamma. Ofta togs apungar från sina mammor väldigt tidigt för att lättare kunna formas och bättre passa in som sällskapsdjur. Hon såg så hjälplös och ensam ut och väckte mina moders-känslor så till den grad att jag omöjligt kunde lämna henne där så jag köpte henne och frigjorde henne från sina bojor.

Jag döpte henne till "She" och liksom alla gibbonapor var hennes armar oproportionerligt långa och i brist på trädgren hängde hon stadigt på min axel.
Eftersom hon var så liten krävde hon mycket passning, Att lämna henne ensam var omöjligt. Om jag försökte lämna rummet utan henne skrek hon hjärtskärande och klängde sig fast vid mig och vägrade släppa taget. Så hon fick följa med vart jag än gick och jag sydde en liten axelbandsväska som hon tryggt kunde sitta i.

Efter Jills misslyckade möte med sin bror var hon inte redo för att fara hem och känna att hennes långa resa varit förgäves. Därför var hon nu villig att pröva på att resa, men inte på egen hand utan med mig som vägledare. Så med Jill och She på mina axlar, She i sin lilla tygpåse hängandes på högeraxeln och Jill tomögd och suckandes tätt bredvid mig på min vänstra sida, bar det av till busstationen.
Nästa buss norrut tog oss alla tre ut ur Bangkok och till landsbygden.
Thailands landsbygd bjöd på risfält och vattenbufflar som plöjde fåror och hjälpte de idogt arbetande bönderna. Klimatet var gynnsamt men priset för böndernas möda hölls lågt, liksom för allt manuellt arbete.
Religionen var en tröst och ett rättesnöre, de buddhistiska templen här var rikt smyckade fastän byborna själva levde väldigt enkelt. De bar dagligen gåvor till sitt tempel och frikostigt offrades socker, mjöl, ris, frukter och ibland även pengar. Att tänka på nästa existens var för många en stor tröst för att klara av den tuffa verkligheten.
Den äldste sonen i en familj var tvungen att tillbringa ett år i buddhistisk lärdom i något tempel. Efter giftermål, barnafödande och fostrande kunde även kvinnor hänge sig åt välgörenhet, hängivenhet och uppgivenhet.
Jag, Jill och She besökte ett tempel där en irländare som kallade sig "John the monk" höll på att gå djupare i buddhistiska studier. Han praktiserade dagligen både

andliga och fysiska övningar. Då det gällde de fysiska
övningarna förtäljde "John the monk" oss att det gällde
bland annat att kunna falla utan att skada sig.

Han övade allt som oftast och prövade ständigt sin
förmåga. Han steg på bussar och då bussen färdades i full
fart kastade han sig ut och rullade ihop sig till ett klot.
Andra gånger stod han vid sluttningar, kastade sig framåt
och rullade nerför som en sten.
Han trodde helt och fullt på människans förmåga och att
alla kunde tänja på möjlighetens gräns. Tilltron till
övningarna och viljan att övervinna gränser var så lik en
sökares möjliga – omöjliga väg.

Hur långt John utvecklade sin förmåga vet jag inte, vi
såg bara ett skede i hans liv. Flerfaldiga var dessa möten
med folk längs med vägen med bara en kort inblick i deras
värld, deras tankar, känslor och drömmar. Ibland häpnads-
väckande och förbryllande men alltid lärorikt och
inspirerande. Möten som berör och etsar sig fast och blir
oförglömliga minnen.

Efter ett par stopp på vägen och ett par övernattningar i
mindre byar på enkla hotell kom vi till Nong Khai, en liten
gränsstad mellan Thailand och Laos vid Mekongfloden.
Jill hade nu lugnat ner sig lite och börjat intressera sig för
omgivningen mer och även She hade hittills klarat resan
bra.
Vi kom till Nong Khai någon gång på eftermiddagen och
beslöt oss för att övernatta där en natt innan vi tog oss över
till Laos.

Jag brukade alltid ha rökelser med mig och i varje
hotellrum tände jag dessa, byggde upp provisoriska tempel
och gjorde små improviserade ceremonier.
Denna kväll och natt mådde She inte alls bra, hon hade fått
diarré och hon skrek gällt och for runt i rummet. Skriken
var så höga och genomträngande att hotellägaren och hans
fru snart bankade på dörren. Jag öppnade och de tittade
förvånade på She. De hade trott att jag hade ett spädbarn

och blivit oroliga över skriken. Då han såg mitt tempel sade han att det betydde otur att ha två hustempel i samma hus.

Jag fick grundligt tvätta och skrubba golv och väggar efter Shes framfart och dåliga mage innan vi lämnade hotellet och Thailand med en liten båt över Mekongfloden.

laos

Det gick att se över till Laos från Nong Khai så båtfärden gick snabbt. Ännu en gång kom jag över vattnet till ett nytt land. Ett nytt land att utforska.

Vi tog en buss till Vientiane, huvudstaden i Laos. Jämfört med Bangkok var Vientiane mer som en by och många hus var byggda på höga trästolpar. Ett mycket praktiskt byggnadssätt för när regnperioden kom blev marken översvämmad av vattenmängderna och när solen lyste som starkast kunde man söka skugga därunder.
Bagerier med Franska baguetter och croissanter vittnade om fransmännens tid av ockupation. Det var även vanligare att folk kunde tala franska än engelska. Varken Jill eller jag kunde mer än ett enstaka ord på franska men klarade av att lokalisera ett billigt hotell. ”The red and the blue” var namnet och över hotellsängarna hängde myggnät och i taket svängde en stor fläkt vingligt runt sina stora vingar i hög hastighet. Risken att den skulle lossna från kroken i taket kändes stor och hotfull.

Vi gjorde oss hemmastadda och She var nöjd, så nöjd och så trött att jag tyckte att det var bättre om hon vilade på rummet medan vi begav oss ut. Det hade redan blivit sen eftermiddag och då vi avslutat vår ris- och grönsaksmåltid var mörkret redan på ingång.
Jag tittade till She och gav henne ett par bananer och lite kokt ris. Jill och jag drevs fortfarande av nyfikenhet att se mer av den nya omgivningen så jag nattade She och sjöng en sövande sång för henne. Därefter begav vi oss ut med ögon fyllda av vakenhet i ett nytt och outforskat territorium.
Nya dofter från matställen, nya främmande skyltar, ny rörelserytm av småvuxna vientianebor med vänlig och stillsam utstrålning som utförde sina kvällssysslor. Vad som fick oss att följa med en man för att röka gräs vet jag inte men förmodligen en naiv öppenhet inför det mesta som kändes kul och spännande.

Med vår vägvisare kom vi till skumma kvarter där ljusskygga varelser drack "lao-lao", en väldigt stark hemgjord sprit som bryggdes i vart och vartannat hem. Vi tog några pipor bland dessa nattfjärilar och sedan kom nästa frestelse.

"köp en hel säck med detta fantastiska gräs till ett billigt pris"

Jag föll tveklöst för erbjudandet så Jill och jag traskade vidare genom små gränder med våran guide och kom fram till säljaren där jag köpte en stor jutesäck full med färskt gräs.

Med denna stora säck slängd över axeln begav vi oss tillbaka till rummet. På vägen tillbaka stannade vi och skojade med nattfjärilarna som nu var ännu mer i gasen.

Väl tillbaka på "The red and the blue" rullade jag flera jointar och vi rökte och rökte. Jag tog in en joint innanför myggnätet och låg i sängen och rökte och plötsligt stod nätet i lågor men jag var så omtöcknad att det hela framstod som ett upplyst och vackert skådespel. Varken jag eller Jill tänkte på faran men She var snabb. Eld = fara = reaktion!

Hon skrek och hoppade och visade tänderna och detta fick mig att slutligen reagera. Alltför långsamt enligt min lilla apa och övriga uppmärksamma och nyfikna iakttagare som hade samlats utanför fönstret.

I nästa stund slogs vår hotelldörr in och i öppningen föll en stor svart skugga av hot in, representanter av myndig makt att döma av deras klädsel och de stora gevären. Bokstavligen helt tagna på sängen följde Jill och jag lydigt med till ett kontor i närheten. Där satt en engelsk konsul som gav Jill en ordentlig uppläxning för vårt innehav och nyttjande av gräs. Då han var engelsk konsul kunde han bara tala för vad som var rätt och fel för en engelsk medborgare men han tyckte att detta nog även gällde mig. Han berövade oss på våran säck men lät oss gå.

Jill var chockad och skrämd av att en engelsk konsul upptäckt gräsrökandet och hon ville inte stanna kvar i Vientiane längre. Vi tänkte att vi skulle resa runt lite i Laos men det blev vi direkt avrådda att göra för runt i Laos liksom i Kambodja och Vietnam bombade amerikanerna. I Vientiane föll inga bomber så vi hade inte märkt något av kriget.

Mitt pass var nära utgånget vilket jag inte tänkt på förrän vid gränsen till Laos. Då hade jag tänkt att det inte skulle vara några som helst problem att förnya det i Vientiane. Men det visade sig att det inte fanns någon svensk ambassad i Laos så antingen skulle jag vara tvungen att åka tillbaka till Bangkok eller så skulle passet skickas via diplomatpost dit och sedan återsändas hit. Jag hade ingen lust att hastigt behöva lämna Laos utan beslöt mig för att skicka passet och vänta i Vientiane.
Men Jill ville inte vänta utan for iväg, vart vet jag inte.

She och jag hade nu bara varandra och bredde ut oss i rummet. Även om jag saknade min reskamrat så verkade She vara desto gladare, hon hoppade mycket och högt i sängen.
Under en ensam vandring vid flodstranden gick jag i djupa funderingar om vad jag skulle göra i stunden och även som nästa steg. Jag var ju nu tvungen att vänta här på att mitt nya pass skulle komma från svenska ambassaden i Bangkok och det kunde dröja ett tag.
Att resa omkring i Laos var inte säkert då landet dagligen bombades och människor från byarna runt omkring flydde till Vientiane för att söka skydd. Jag befann mig i ett skyddat reservat, här hördes inte några bomber och syntes inga krigsbelägringar men varningarna om att lämna staden var entydiga och tydliga.

Så där gick jag och kände mig som en flykting då jag hörde ett svagt väsande ljud och jag blev helt förstenad av åsynen av en smal illgrön orm. Ormen stod två fotsteg framför mig upprest och beredd att hugga. Den illgröna färgen och det starka väsandet fick varje hårstrå att resa sig

och jag stod som förlamad och inväntade att en djupare
instinktiv reaktion skulle infinna sig. I slowmotion
backade jag sakta, sakta, sakta bort från ormen. Ett litet
steg och ett till medan jag såg in i det gröna, hotfulla
djurets ögon.
Då avståndet blivit tillräckligt för oss båda skildes vi åt
och gick olika vägar.
    Jag kände hur andningen sakta började fungera igen
och hur blodet åter flöt i mina ådror. Att livet ständigt är
hotat av döden var min läxa denna dag.

Till Vientiane kom en del av de unga amerikanerna som
blivit utskickade i kriget för att bekämpa kommunismen.
Kommunismen var tydligen en smittsam och farlig lära
och denna irrlära spred sig som en löpeld i Indokina. Med
frihetsgudinnan som ledstjärna och fast beslutna att
"befria" folket befann sig unga män i 18-20 års åldern i
krig. När de hade permission begav de sig ofta till
Vientiane.
    I anknytning till hotellet fanns "The Third Eye", en
psykedelisk klubb. Där spelades "The Doors" och "Janis
Joplin" och det dansades vilt. Många av de amerikanska
soldaterna kom dit civilklädda och festade hejdlöst i försök
att glömma den hemska verkligheten för en stund. De
rökte och drack och dansade.
    Musiken och den psykedeliska inredningen öppnade
dörrarna till fleras längtan att söka en sanning bortom
soldatlivets synsätt. De började ifrågasätta hjältebragden i
att bomba byar där förstås inte bara män fanns utan även
kvinnor, barn och åldringar och att förgifta deras mark och
vatten. Ett biologiskt giftkrig som sargade naturen och allt
liv för oöverskådlig framtid.
Hur ska man kunna rättfärdiga detta handlingsmönster och
känna sig som en hjälte och befriare?
    Det fanns få västerländskor och jag vart erbjuden mat
och husrum mot att vara på klubben på kvällarna och
dansa runt. Det kändes overkligt att tänka sig att dessa

vanliga unga killar som dansade runt där verkligen kunde
vara krigare som bombade och dödade. Jag kunde helt
enkelt inte förstå detta.

Som ensamstående mamma till en liten apunge var det
inte alltid lätt. Hennes förståelse för arbete som gav mat
och husrum var noll. För henne betydde det endast att bli
lämnad ensam på rummet hela kvällarna till långt in på
natten. Det gillade hon inte. Hon skrek, sträckte ut sina
långa armar och kastade sig i min famn och vägrade att
släppa taget när jag skulle ge mig av till klubben. Många
gånger slutade separationsångesten i att hon dold under
min klänning fick följa med mig.

Klubben "The Third Eye" blev dock inte långlivad.
Amerikanska befäl ansåg att det inte var lämpligt för deras
unga soldater att vistas på sådana hemska klubbar. En del
inspirerades att desertera och en del fick "flummiga idéer"
och lydde inte längre order så klubben förbjöds och
stängdes.

I gryningen innan solen börjat värma samlades frusna,
hungriga och sömndruckna människor vid dom värmande
och puttrande frityrstånden. Där kunde man för några kip
köpa friterade bröd och dricka hett, nybryggt och sött te.

En morgon när jag återvände till hotellet efter den
tidiga frukosten kunde jag inte hitta She någonstans. Jag
sökte överallt i rummet och ropade och lockade på henne
men förgäves. Jag sprang hit och dit och frågade alla som
jag stötte på om de hade sett en liten ljus gibbonunge men
ingen kunde hjälpa mig i sökandet. Så fort jag hörde något
läte som påminde om Shes olika ljud rusade jag dit.
Ibland kom det från någons hus och kunde vara tjattrandet
från en annan apa eller ett spädbarn som sökte
uppmärksamhet.

Förtvivlad och med oro i hjärtat fortsatte jag sökandet
efter min apunge men fick ge upp när mörkret föll för att
åter dagen efter och flera dagar i följd fortsätta att leta och

leta. Mitt hjärta var fyllt av saknad som kändes tung och mörk. She var spårlöst försvunnen och borta för alltid.

Jag fick aldrig veta vad som hade hänt med henne men i Laos var aphjärna en delikatess. Apan klämdes fast på mitten av ett bord i ett för detta ändamål tillverkat skruvstäd och huvudskålen öppnades och hjärnan kunde avnjutas färsk och ljummen. Flera små apors liv slutade på detta grymma sätt. Hur detta liksom många andra delikatesser kunde vara något att sukta efter kunde jag inte begripa.
En grym "ap-titretare"!

Jag återvände till ett av de husen mitt sökande efter She hade fört mig där det bodde en svart gibbonunge och en gästvänlig familj. Huset var byggt i trä och stod på höga stolpar och där levde en gammal kvinna med sin vuxne son och deras husdjur.

Den gamla kvinnan sydde små mössor av resttyger till grannarnas barn. Hon klippte ut tygerna i trianglar och sydde för hand ihop dessa och avslutade den brokiga huvudbonaden med en färgglad knapp högst upp.

Hennes son kunde lite engelska och hade en Vespa som han dagligen for iväg på till marknaden. Där köpte han de grönsaker och fisk och kött som behövdes för dagen. Eftersom inget kylskåp eller frys fanns gick det inte att förvara färskvaror i hemmet.

Marknaden var inte det enda stället han brukade fara iväg till utan också en dold opiumhåla och till den följde jag med några gånger bakpå Vespan för att röka några pipor. Här behövde man inte dra i något snöre och vänta på att någon hemlig lucka skulle öppnas.
Eftersom denna rökhåla delades av morfinister och kokainsniffare gick lugnet förlorat. Hit kom män i olika åldrar från trakten för att stilla sina begär. En del av dem var väldigt nergångna av starkt vanebildande och nedbrytande droger och detta skrämde mig.

Romantikens skimmer var bortblåst och kvar fanns bara en sjaskig och trasig verklighet. En sida av drogbruket som jag tidigare inte sett.

Fred Branfman hade varit i Laos i ungefär ett och ett halvt år. Han var amerikan och hade valt att göra den obligatoriska värnplikten inom fredskåren istället för som soldat. Fred hade en kalufs av halvlångt mörkt och oftast okammat hår, han var långväxt och kraftigt byggd med löst hängande skjortor och vida byxor. En mycket pratsam man som älskade att ventilera tankegångar och funderingar och med bruna spanande ögon som var ivriga att upptäcka och se allt.

Under sin tid i Laos hade Fred lärt sig språket vilket hade fört honom närmare befolkningen. Redan från början hade han varit emot kriget och ofriheten att inte få uttrycka sig och tänka fritt. Att se hur hans landsmän förintade små byar smärtade honom. I dessa byar levde folket enkelt och brukade jorden och värnade om kommande generationer utan vetskap om varför bomberna föll. Fred blev mer och mer förtvivlad över situationen för befolkningen och hans inställning blev mer och mer antiamerikansk.

Officiellt sett så bombades inte Laos och kriget utspelade sig endast i Vietnam men i verkligheten hade det pågått ända sedan 1964.

När jag träffade Fred hyrde han ett hus i Vientiane. Där hade han en skrivmaskin och skrev i hemlighet ned allt vad folket berättade för honom. Han samlade även ihop teckningar som beskrev vad som hade hänt deras by.

Vilka plan som släppt bomberna fanns tydligt angivet på flera av teckningarna. Teckningarna skildrade lemlästade kroppar, sönderbombade byar, brinnande hus och mycket av detta sett genom barns ögon…

Fred tyckte det var viktigt att dessa röster blev hörda och att sanningen nådde ut till omvärlden. Att få se och höra allt detta gjorde mig nu mer medveten om vad som pågick.

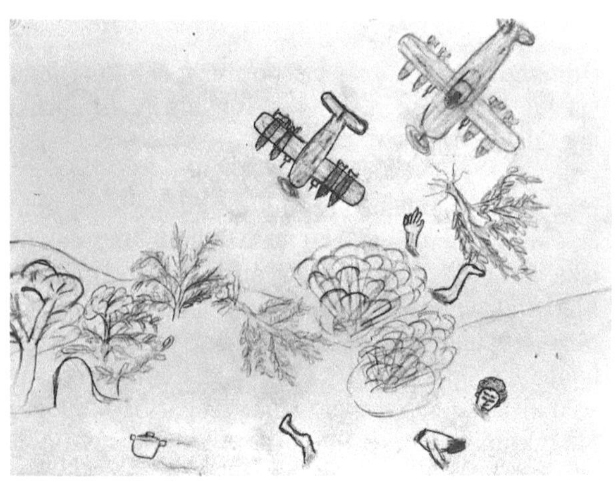

-Teckning av tolvårig pojke.
Bild hämtad från Fred Branfmans bok;
"Röster från krukslätten"

Fred kände till en motståndsgrupp, Vietnamrörelsen, som fanns i Sverige ledd av Myrdal och Frank och vi samtalade mycket om hur hans skrifter skulle kunna nå fram till Sverige. Postgången kontrollerades noggrant och det var därför otänkbart att skicka dem och att han skulle föra dessa över gränsen var alldeles för riskabelt då man som motståndsman kunde bli dödad.

Jag tillbringade hela dagarna och kvällarna med Fred och berättade även om mina resor och upplevelser. Ibland rökte vi några jointar men där gick droggränsen för honom och efter att ha hört mina berättelser men även efter att ha sett hur lite jag åt började han oroas för min hälsa. Han såg min situation från en annan infallsvinkel som jag själv inte kunnat se, att mina kollapser och stundvis fysiska svaghet hade att göra med opiumbruket.

Själv tyckte jag att det hursomhelst var en struntsak med tanke på alla större och viktigare saker vi hade att utföra men Fred insisterade att jag skulle uppsöka läkare.

Tillslut vann hans argument mitt gensvar och vi gick till en läkare och tog åtskilliga prover. Resultatet skulle meddelas vid nästa besök så några dagar senare satt vi åter i väntrummet. Läkaren dröjde så jag kikade in i mottagningsrummet där jag fick syn på min journal. Nyfiken öppnade jag den och såg "DRUG ADDICT?" skrivet med stora bokstäver. Det fick mig att fly huvudstupa med Fred hack i häl.

Jag var inte redo att erkänna och ta itu med det problemet ännu.

Fred hade bara ett par månader kvar av sin vapenfria tjänstgöring och han oroade sig mycket över hur hans dokumentering om situationen i Laos skulle kunna nå omvärlden.

Vi delade uppfattningen att individens frihet var viktigare än att blint och snällt följa grupptrycket. Efter mycket dividerande åtog jag mig uppgiften att agera budbärare och föra hem de viktiga anteckningarna.

I diplomatpost anlände äntligen passet och min rörelsefrihet att kunna resa vidare var därmed återvunnen. Helt omedveten hade jag hamnat mitt i ett brinnande krig där Vientiane var enda fristaden. Jag hade gärna velat se mer av Laos och hoppades att jag senare i livet skulle kunna återvända.

Jag skulle göra mitt yttersta för att överlämna dokumenten i rätta händer och låta laotiernas röster bli hörda.

Jag sade farväl till Fred och packade och satte kurs mot Thailand med Freds papper väl gömda i bagaget. Det kändes ensamt att lämna landet utan min lilla apunge och utan att veta vad som hade hänt henne. Jag saknade nu både He och She.

Ingen visiterade mig vid gränsen tack och lov!

thailand

Jag befann mig nu i Chiang Mai för att utforska norra
Thailands djungel och natur.
I högra ögat växte en vagel och denna böld växte under-
ifrån och störde och irriterade synen. Jag försökte ta hål på
den med en synål som jag först desinfekterade i eld. Det
var omöjligt fast jag tillbringade ett par intensiva timmar
framför spegeln på hotellrummet med nålen riktad mot
vageln. Efter detta misslyckande tog jag mig till sjukhuset.
Där fick jag lägga mig på en sjukhussäng och en vätska
droppades in i högerögat för att ögats blinkreflex skulle
sluta fungera. Medan nålen långsamt kom närmare och
närmare ögat började läkaren småprata med mig om resor
och under hela tortyren frågade han mig om platser och
länder. Jag vågade inte svara i rädsla att han skulle tappa
koncentrationen och sticka fel utan låg där som en stum
fisk.
Vageln försvann och istället täckte en svart piratlapp mitt
öga.
    Denna upplevelse att vara så hjälplös och helt utlämnad
åt någon annans förmåga att hjälpa var för mig omskakan-
de. Jag var inte alls van vid sjukhus och läkare och minnet
av nålen som kom närmare och närmare satt kvar länge.

Den enögde piraten gick så vidare till fots mot bergen.
En dammig grusväg strax utanför Chiang Mai ledde uppåt
och först gick det an trots att hettan var tryckande men när
en lastbil lastad med ris och olja och andra förnödenheter
på flaket stannade och jag erbjöds lift tackade jag inte nej.
Lastbilen skulle upp i bergen till en av byarna som Meo-
stammen bodde i och då jag inte hade något bestämt mål
beslöt jag mig för att följa med dit.

Meofolket härstammade sedan långt tillbaka från Kina och
immigrerade för flera hundra år sedan till Laos, Burma och
Thailand. De var bergsfolk och då deras främsta inkomst
kom från att odla och sälja opium var även många av
Meofolket själva beroende av opium.

Luften var klar och inte kvalmig som nere i Chiang Mai, solen värmde på dagarna som en högsommardag i Sverige men under nätterna kylde det på rejält.

Husen var inte isolerade då väggarna bestod av kluvna träplank och taken var av bambu, gräs eller palmblad. Varje familj hade sitt egna hus med gårdsutrymme för höns och grisar. Marken runt omkring var upptrampad och lerig och växtligheten knaper. Djuren sprang fritt och då och då kunde grisar och höns ta sig en tur in i huset i jakt på föda. Ibland vallade barnen grisarna en bit utanför byn där de fritt kunde böka och stöka bland trädrötter.

Stammen var generös och jag välkomnades och fick bo i en av familjernas hus.
Huset bestod av ett enda stort rum och eldstaden var enda värmen och ljuskällan. Eldstaden var gjord av lera och saknade skorsten så nog blev det rökigt ibland…
I alla husen fanns två stycken altare, ett för förfäderna och ett för tillbedjan av himmelsguden. Meofolket var animister vilket innebar att djungeln, fälten och allt levande var besjälat och allt måste man hålla sig vän med genom offer. Även huset hade en själ.
Jag sov liksom familjen på en matta som rullades ut vid läggdags. Mannen i huset hade fem barn och två fruar. Att ha två fruar var vanligt då kvinnorna var upptagna av sina göromål och annars inte hann ta hand om sin man på det sätt som förväntades.
Att sköta om risodlingarna och vallmofälten, så och skörda samt laga mat, ta hand om barnen, djuren och hemmet var kvinnans livsuppgift. Männen stannade hemma och levde ett lättjefullt och behagligt liv. Ibland var de ute och jagade och stundvis såg de till barnen men mestadels spenderade de dagarna på en bastmatta och rökte opium. Det var verkligen inget jämlikt samhälle. Kvinnornas dagsverke och uppgift var mycket större.
Att dela man innebar dock även att dela arbetsbörda så avundsjuka verkade inte uppstå mellan fruarna och skratt

fanns oftare än gråt och tandagnisslan. Hemmet andades
av lycka och förnöjsamhet.
*Kanske opiumröken svepte sin lugnande slöja över nejd
och invånare?*

Plötsligt en dag hörde jag till min häpnad Beatleslåten
"a hard days night" spelas och såg en bit bort några Meo-
ungdomar sitta samlade och digga. En transistorradio som
gick på batterier hade fört The Beatles ända hit upp till
Meofolket. En stor skillnad från deras traditionella musik
men tydligen mycket uppskattad.
– Musik spränger gränser och skapar nyfikenhet!

Jag blev kvar i drygt en vecka och tillbringade dagarna
med att röka opium tillsammans med männen och de äldre
kvinnorna. Sedan begav jag mig åter nedför berget och
kände mig stark och frisk efter bergsluften, avkopplingen
och lugnet i byn.
   Jag hade nu vant mig vid att vara enögd men tyckte att
det var dags att avlägsna ögonbindeln. Det starka ljuset
strömmade in och träffade högerögat som en blixt och jag
tappade balansen. Snabbt satte jag tillbaka bindeln igen för
att istället senare när mörkret fallit sakta vänja ögat steg
för steg.

Jag tog en buss mot Bangkok och någonstans på vägen
hoppade jag av för att få andrum. Och det fick jag. En
fridfull plats för buddhistmunkar och nunnor stod öppet
och välkomnade mig som tillfällig eller evig gäst.
   Ett mindre vattendrag delade männens område från
kvinnornas och alla hade rakade huvuden och var
omsvepta i brandgula skynken.
Buddhistnunnorna hade var och en sin lilla hydda. En av
dem använde sin tid till att skriva, en annan målade och en
tredje tog hand om en apa. Åh vad jag saknade He och
She…

Ett tempel med sina uppåtgående förgyllda takhörnor fanns som andlig samlingsplats och en stor Buddhaskulptur i upplysningsstadiet var placerad vid altaret. Den upplysta buddhan omgavs av mängder av ljus, rökelser, blommor och frukter av alla dess slag.
Endast ett tiotal munkar och hälften så många nunnor var anslutna till templet. Marken uppläts av en familj som själva bodde i ett hus mitt i denna andliga miljö. På kvällarna rodde munkarna över vattendraget och alla åt tillsammans.
Ett paradis som jag ville återvända till senare i livet, om jag bara kunde hitta tillbaka...

Tillbaka i Bangkok och stadslivets sjudande kittel av klibbig värme.
Folk överallt. En aldrig stillastående ström av rörelse och ständigt ljud av olika göromål. Aldrig tystnad.
Jag befann mig åter på Thai Song Greet Hotel och bland västvärldens unga sökare. Jills bror var fortfarande kvar men svår att nå fram till, han var tvär och lättirriterad och hade tydligt tappat fotfästet och sig själv.
Han avvisade alla råd och all medkänsla.
Kanske hade han lärt sig att ensam är stark?
Hit hade nu Dave, en amerikan, kommit som jag tyckte om att umgås med. Han var lättsam men med en förmåga till djupgående tankeutbyten och kunde öppet och utan rädsla blotta sin själ. Han hade rest till Indien för att slippa inkallelseordern och undgå att bli sänd ut i Vietnamkriget.
Att komma från västvärlden direkt till Indien var en omskakande upplevelse. Hettan, flugorna men framför allt dessa mängder av uteliggare utan ben, armar och ögon och på det kor som lugnt nästan trampade på de halvdöda hemlösa var en svår syn.
Chocken och kontrasten blev för mycket för honom och förvirrad hade han stängt in sig på sitt hotellrum i försök att komma bort från lidandet. Åtminstone få slippa se det.

Chocken och rädslan satt i en längre tid men att stänga
in sig på ett hotellrum var bara en kortsiktig lösning då det
förstås inte går att stänga ute verkligheten för alltid. Steg
för steg bearbetade han chocken och förvirringen och
började dagligen med att sopa golvet i rummet han hyrde.
Denna handling liksom andra göromål såsom att tvätta sig
och sina kläder gjordes i mental träning att vara närvaran-
de i nuet. Att låta tanke och handling vara ett och utestänga
alla tankar på förutvarande och kommande händelser.
Slutligen vågade han sig åter försiktigt ut.
Ett steg i taget…

Dave träffade en buddhistmunk i Bangkok. Denna munk
tillhörde inte längre något tempel utan var en avhoppare
och gick omkring och spred sina idéer. En frilansare.
Sin försörjning sökte och fann han bland västerländska
resenärer och det var lätt ty de flesta som rest österut
hungrade efter en ny livsfilosofi. Buddhismen tilltalade
med vackra tempel och formsköna skulpturer av Buddha i
olika meditativa stadier.
Munken ville att Dave skulle resa med honom till
Indonesien för att komma till freds i sin tillvaro, att Dave
skulle stå för alla kostnader var en självklarhet. Mig
ogillade han då jag ifrågasatte om det var i eget intresse
eller för Daves skull denna pilgrimsfärd skulle göras.
Munken tog min högerhand och böjde tummen mot
handleden varpå han påstod att han såg att jag hade en för
stark vilja och behövde mjukas upp… i vatten… i
Indonesien…
Andlig vägledning under kuren skulle förstås han ta hand
om och vad det skulle kosta kom aldrig på tal, sådana
världsliga saker var förstås ovidkommande (för honom).
Då jag misstänkte att hans oegennytta icke var annat än
beräkning för att kunna bli försörjd och komma ut och resa
motarbetade jag honom. Dave var godtrogen och såg bara
gott i den brandgule renrakade buddhisten men slutligen
lyckades jag avstyra planen och munken begav sig vidare

för att sätta klorna i nästa, förhoppningsvis mer naiva och
sökande resenär.
En tillfällighetens nyck –eller kanske av ödet redan
bestämt? – fick Dave och mig att ta tåget till Penang.
Resan gick som på räls…
Från barndomen hade jag en förkärlek till tåg eftersom de,
åtminstone ena vägen, ledde mig till havet och min älskade
farmor. Det rytmiska dunkandet mot rälsen och den glada,
gälla tågvisslan var densamma här som hemma i barn-
domslandet. Jämfört med Indiens tågupplevelser kändes
detta som en 1: a klassens lyxfärd fastän 2: a klass.

*Ett totalt lugn inger mig under resorna, att färdas framåt
mot någonting ovisst och spännande men ändå sitta still.
När bilderna snabbt avlöser varandra utanför fönstret
vandrar tankarna vida iväg.
Att vara stilla men ändå i rörelse. Jag får tid att samla
tankarna, fördjupa mig i och bearbeta ouppklarade
minnen och smälta nya intryck.
Vissa tankar och funderingar ligger djupt nerbäddade och
kommer inte upp till medvetenheten men gror sakta i det
undermedvetna och en "plötslig" lösning föds.*

malaysia

När vi kom till Penang hade mörkret redan fällt ut sitt
sammetsblå skynke över staden. Vi kom överens om att ta
en rickshaw för att snabbt komma fram till ett hotell
istället för att irra omkring till fots och leta.
Vi var båda i ett övertrött tillstånd efter tågresan och
jointarna vi rökt under färden hade satt ner vår omdömes-
förmåga. Vi var i ett "låt gå stadium", ovilliga och
oförmögna att styra upp situationen och tyckte att det fick
bli som det blir.

Vi småpratade lite med rickshawföraren och lät honom
bestämma vilka natthärbärgen vi skulle söka. Fast jag varit
i Penang tidigare hade jag ingen aning om vilka kvarter
han tog oss till. Timmen var sen och de små hotellen vi såg
var mörklagda och stängda. När föraren efter ett flertal
misslyckade försök så föreslog att vi skulle övernatta hos
en släkting till honom tyckte vi att det var helt okej.
Chauffören trampade på och vi kom fram till ett litet hus.
På gården innanför stannade cykeltaxin och vi klev av. Vi
famlade efter våra ryggsäckar i mörkret och följde lydigt
efter rickshawföraren. Han ledde oss in i ett rum fullt av
saker och med en bädd även den överlastad men med lite
god vilja fullt vilbar. John Blund lade sitt paraply över oss
så fort vi lagt oss tillrätta och vi somnade in.

Plötsligt slets jag ur min djupa sömn och utan att tveka
sprang jag till min ryggsäck och kollade att mitt pass och
mitt pengabälte fanns kvar. Det gjorde det och lugnad gick
jag tillbaks till sängen och föll åter i sömn.

När vi vaknade var det ljust och vi klädde på oss. Då
upptäckte jag att min pengapung var borta!
Dave och jag letade överallt och frågade folket i huset var
rickshawföraren var men ingen visste besked och snart
hittade vi ett par tappade sedlar och den nu tomma penga-
pungen.
Lyckligtvis var passet kvar och de mesta pengarna hade
jag i resecheckar och dessa hade jag fortfarande kvar men
alla kontanter var borta.

Jag måste ha fått ett varsel då jag så plötsligt väckts på natten. Varför hade jag inte litat på min instinkt och tagit med mig pass och pengar och förvarat dem hos mig?

Att inte lita till sina instinkter kan sluta illa.
Känner man tveksamhet eller oro inför något eller någon är det bäst att i den mån det är möjligt ligga lågt, vara försiktig och invänta klarhet.
Att väga förnuft och instinktiva känslor mot varandra är inte lätt men balansen är nödvändig.

Ett hus stod tomt och hyran var förvånansvärt låg. Det låg lite i utkanten av centrum och både Dave och jag gillade idén att bo där istället för på hotell. Ett typiskt malaysiskt trähus på styltor med ett stort rum på bottenplanet samt ett kök med eldstad och en trätrappa som ledde upp till övervåningen och ett sovrum. Taket var högt och tjocka träbjälkar höll upp hela konstruktionen.

Huset var tomt då vi flyttade in och golvet var lite för hårt att sova på så vi tog hjälp av traktens fixare, en mörkhyad indier som kallade sig Jackie som kunde fixa vad som helst och som ordnade madrasser åt oss.

Att ha så stort utrymme att bre ut sig på var en ovanlighet. För det mesta övernattade man ju på små hotell i små kala rum och ofta delade man en sån liten cell med någon för att småsnåla och spara på slantarna. Ovanan att ha detta utrymme och enskildhet gjorde att jag erbjöd tre holländare som jag stötte på inne i stan gratis husrum hos oss. Jag hade vant mig vid att ständigt ha mycket folk nära inpå och klarade inte riktigt av tystnaden och tomheten.

Visst blev det mer liv och rörelse men jag var fortfarande rastlös och kände fortfarande endast oro. Hade svårt att ta itu med något.

Hur länge skulle jag vara kvar här? Vad hade jag här att göra? Vart skulle jag sen och vad skulle jag göra där?
???

Att sitta och röka jointar, fördriva tiden och låta dagarna gå
kändes som ett meningslöst slöseri. Att låta livet gå förbi
en. Det kändes som om livet pågick överallt runtomkring
mig men att jag själv bara var en åskådare.
Andan bland oss resenärer var en ständig klappjakt efter
lycka och det talades om att resa hit och dit och om
"paradis" någon annanstans. Skulle jag åka hem? Nej, det
ville jag inte men det började kännas svårt att bara fortsätta
och fortsätta. Komma till "paradis" och möta folk och
ständigt ta avsked, följt av nya platser, nya möten och nya
avsked…
Det tärde på en i längden och saknaden blev större och
större och jag orkade inte med några nya möten och att
öppna mig för nya människor då jag visste att
bekantskapen ändå bara var tillfällig.

"Begreppet glädje,
något vi söker och stundtals tror oss finna.
Skrapar bort ytskiktet - finner ingenting.
Men ingenting är allting,
Allting –ingenting."

Kan man leva i nuet? I nuet finns alltid det förflutna och
planering för framtiden och nuets beslut påverkar
morgondagens…
Jag saknade min ledstjärna och kände mig rotlös. Jag
behövde en uppgift och att vara nödvändig i ett dagligt liv.
Ville vara ett arbetsbi istället för en drönare. Jag ville ju
också vara med och bygga en värld för framtiden.
Tänk att få ställa väckarklockan och behöva skynda sig till
jobbet, att längta efter helg och ledighet…

"Freedom is just another word for nothing left to loose…"

Ytterligare två resenärer tillkom till kollektivet och
stuvades in, en amerikansk kille och en amerikansk tjej

som reste var för sig. Han var desertör och hon hade tagit en studiepaus för att se världen.

I min rastlöshet grep jag efter olika halmstrån och besökte ofta tempel för att finna själsro och ledsagning men tomhetskänslan bestod. Jag sov oroligt och irrade runt på dagarna. Dave kände sig klar med Penang och försökte förgäves förmå mig att resa vidare med honom.
Tillslut lämnade han Penang och huset tillsammans med holländarna och strax därpå lämnade även amerikanskan boet.

Försöket att fylla min tomhet med en massa människor hade varit ett misslyckande och jag kände mest likgiltighet till att alla for.
Jag fortsatte att irra runt.

När jag såg den vinglige sjömannen vid taxin i färd med att betala stannade jag för att hjälpa till. Summan chauffören begärde var skyhög och jag tyckte synd om sjömannen och att det var taskigt att lura en berusad nykomling.
Osportsligt att ge sig på ett sådant lättfångat byte!
Jag kunde inte låta bli att lägga mig i och den pengahungriga chauffören vart ytterst upprörd över min plötsliga inblandning. Han gestikulerade och protesterade vilt men jag gav mig inte. Rätt ska vara rätt tyckte jag!

Prutsystemet gick en på nerverna ibland och ibland hade man varken lust eller ork att gå igenom hela den långa ritualen, särskilt inte när det gällde elementära saker. Många gånger längtade man efter fasta priser, taxametrar och prislappar.

När sjömannen förstod att han var på väg att bli lurad tände även hans ilska och bestämt gav han chauffören den summa jag sade åt honom att betala. Sjömannen tackade mig och vinglade sedan vidare nedför gatan och jag fortsatte åt mitt håll. Efter bara ett par meter kände jag en kraftig knuff bakifrån och allt svartnade för mig. När jag vaknade till låg jag vid trottoarkanten med en liten folksamling runt mig. Min arm smärtade och jag kände mig omtöcknad och yr men med hjälp kom jag upp på benen.

I yrseln efter fallet tog det ett tag innan jag förstod vad som hänt, att chauffören rusat efter och knuffat mig vilket jag även fick bekräftat från en av åskådarna.

Natten som följde var inte speciellt vilsam, armen låg i en förvriden ställning och så fort jag rörde mig smärtade den oerhört. Dagen efter var armen fortfarande obrukbar och i en förvriden ställning. Jag tog mig med möda till sjukhuset där armen röntgades men plåtarna visade att inget var brutet. Armen fortsatte dock att värka och då sjukhuset inte ämnade göra något mer gav jag mig av för att söka annan alternativ hjälp.

Det fanns flera "kloka gummor" som kokade salvor av alla de slag och botade och helade behövande och en sådan "god häxa" tog jag mig till för att bli hjälpt.

Hon bodde väldigt enkelt i en liten hydda utanför stan omgiven av en hel samling av glasburkar i olika storlekar och med olika innehåll. I röda, gröna och gula vätskor låg ormar, ödlor och spindlar tillsammans med växter och örter. Åskådare trängdes nu utanför och hängde in genom de öppna fönstergluggarna för att få en skymt av behandlingen. Gumman tog ett fast grepp om min arm och jag skrek högt av smärta när hon drog i den för att räta ut den. När jag skrek skrattade åskådarna utanför högt och jag blev ursinnig över deras okänslighet. Gumman baddade sedan min arm med ett utav sina medikament, ett stinkande och oljigt sådant. Sedan böjde hon armen fram och tillbaka, fram och tillbaka i jämn rytm. Jag bet ihop och kvävde skriken trots att smärtan nästan var outhärdlig för att inte utlösa flera skrattsalvor från publiken utanför.

Denna behandling följdes av flera och armen blev steg för steg bruklig och rörlig men det tog några veckor innan jag blev återställd.

I efterhand funderade jag på om åskådarnas skrattsalvor kanske varit ämnade att hjälpa mig att glömma smärtan för att kunna utföra den nödvändiga sjukgymnastiken. Deras skratt fick mig ju faktiskt att bita ihop och kämpa… kurerande skratt-salvor?…

Kan ofrid från ett hus smitta av sig?
Var min ofrid inom mig ihopkopplad med husandens?
    Jackie berättade för mig om husets historia och påstod att det var hemsökt. Tragiska händelser hade upprepande gånger drabbat de som bott där.
Var det därför jag känt en sådan oro och ofrid? Hade Dave och de andra också känt av det?
    Jag kände att det var bättre att fly än illa fäkta, jag hade inte kraft att ta upp kamp mot sådana demoner utan packade och for.
Med tåg färdades jag åter till mitt älskade Singapore.

Singapore - ett steg tillbaka...

Med en lätt darrning på handen lämnade jag över passet
för kontroll.
Fanns det någon lista över icke önskvärda personer hos
tullen där mitt namn stod?
För även om inget inreseförbud stämplats i mitt pass kunde
ju myndigheterna föra egna protokoll.
Jag drog en suck av lättnad när tullmannen stämplade in de
gängse fjorton dagarna.

Glad och förväntansfull skyndade jag mig till huset där jag
bott med John, Anne och Willetts. Jag längtade nu desperat
efter att känna mig hemma och trygg igen. Ville att allt
skulle vara oförändrat och precis som när jag lämnat. Jag
skulle återigen bo på baksidan av huset, plocka avokado
och papaya från den frodiga trädgården och skapa i min
lilla verkstad. Jag ville hitta tillbaka till den kreativitet och
skaparglädje jag haft då. Här hade jag tidigare känt mig så
hemma och trygg i mig själv och jag förväntade mig att
kunna kliva tillbaka in i denna värld. Att ta vid där jag
slutade.

Något kändes fel när jag närmade mig huset.
Nedervåningen där John och Anne bott var mörk och tom
och ingen syntes till på framsidan av huset så jag gick runt
huset till baksidan och där fann jag trädgårdsmästaren
Raman. Han blev glatt överraskad att återse mig.
Då jag frågade vart John och Anne höll hus fick jag besked
att de lämnat Singapore för att börja ett nytt liv i Portugal.
  Jag kände ett sting av besvikelse. Hur kunde de ha gett
sig av utan mig? Vi hade ju planerat att flytta dit
tillsammans, slå oss ner på en vingård, leva livet och låta
vinet flöda. En väldigt egocentrisk tanke och känsla insåg
jag snart. Jag hade ju trots allt lämnat först utan några
löften om att återkomma och jag hade inte heller varit
särskilt bra på att hålla kontakten.

Hur lång tid hade gått sedan jag åkt härifrån?
Till min förvåning insåg jag att nästan ett år hade passerat.
    Främlingar hade flyttat in på baksidan och fastän
"mina" rum stod tomma så störde dessa förändringar mig.
Mina planer grusades.
Hur kunde jag ha inbillat mig att allt skulle vara precis
som förr, att tiden skulle stått still och inget ha förändrats?
Jag hade ju själv gått vidare.

*Förändringar är ofrånkomliga i allt och att gå tillbaka i
tiden är en omöjlighet liksom att hålla kvar en känsla eller
"nuet". Nutid blir alltid dåtid och dåtid kan aldrig åter bli
nutid.*
Går det att exakt återfinna en känsla?
*En känsla kommer till en och går inte att skapa och att
söka efter den där man tidigare upplevt den är även dömt
att misslyckas...*

I min desperation hade jag klamrat mig fast vid ett
omöjligt hopp om att kunna öppna och stiga in genom
dörren till det förflutna. Verklighetens kalldusch fick mig
att vakna upp.
    Willetts var dock fortfarande kvar, lika dramatisk och
karismatisk som förr. Det var kul att återse honom men jag
sökte trygghet och stabilitet och det var inget som Willetts
kunde ge.

Singapores ansiktslyftning hade redan varit igång då jag
ett år tidigare lämnat staden och var nu långt framskriden.
I Chinatowns kvarter hade många hus rivits och det såg ut
som om en ångvält farit fram. I dessa tomma husgrunder
skulle skyskrapor snart växa upp, först skulle dock ogräset
och avfallet rensas bort, sedan skulle staden blomma.
    Opiumstället fanns dock ännu kvar men var inne på
sista andetaget och skulle med all säkerhet inte fortleva
länge till. Jag gick dit för att hälsa på mina vänner men då

jag rökte en pipa med dem infann sig inte det sedvanliga
lugnet utan jag fylldes istället med sorg.
Jag kände en tomhet och vilsenhet inom mig som inte gick
att bedöva.

Jag stannade kvar i Singapore och tillbringade några dagar
med att återvända till gamla stamställen men inget var sig
likt. Ganska snart insåg jag att det var meningslöst att
dröja kvar. Vad hade jag egentligen här att göra? Tanken på
att vända hemåt föddes.
Denna resa hade nått sitt slut.

Pussel

Ur spillrorna från det förflutna ska vi var gång
finna och bära med oss en skärva. Dessa skärvor skall
sammanfogas, pusslas ihop och bilda en hel bild,
en enhet – slutligen.

Reste till Asien på tummen
Levde på virknålen i tre år

Äventyrslusta och en obetvinglig hunger efter miljöombyte drev unga designern Britt Påls-
son att 1967 bryta upp från en ordnad tillvaro i Stockholm för att bege sig ut på en som
det visade sig tre år lång resa genom Asien. Hon reste på tummen och försörjde sig på
virknålen... och kom helskinnad tillbaka i mitten av juli och är nu bosatt i Hälsingborg.
Här arbetar hon nu för en boutique på Kullagatan, virkar ponchos, byxor, kjolar och vad
ni vill. Gör smycken och olika tillbehör samt som ett arv a vsina asiatiska år penselteck-
ningar och lackarbeten.

Mellan Stockholm och Singa-
pore är det tusen mil. Britt Påls-
son började sin resa med att lif-
ta genom Europa och ända in i
Afganistan. Där nåddes hon av
rykten om vit slavhandel och fö-
redrog i fortsättningen buss eller
tåg genom Pakistan och Indien, tog
båten till Ceylon och hamnade så
småningom i Singapore.

Som överallt fick hon snart vän-
ner, och ett engelskt konstnärspar
gav henne bostad. Virknålen togs
fram. Britt började virka rundlar
och fyrkanter i lysande färger,
monterade dem till kappor, klän-
ningar, kjolar, slipsar och hals-
dukar. Det dröjde inte länge förr-
än hon fick disponera en egen bou-
tique — den ingick i en kedja av
sådana. Och Britt upplevde till sin
förvåning att handarbeten var väl

betalda. Hon ritade dessutom smyc-
ken, gjorde fjärilar, sprattelgubbar,
tog lektioner i kinesisk målning.

Under sitt produktiva Singapore-
år hann hon också med att göra
två program åt Sveriges Radio om
design och ett åt TV från en mo-
devisning.

MED "LAOS" TILL JAPAN

Ett smolk i mjölken var uppe-
hållstillståndet som måste förnyas
varannan vecka. Efter två dussin
sådana omständiga procedurer be-
slöt Britt upptäcka ännu en bit av
världen — Japan.

Färden dit företogs med båt,
"Laos" hette den. Ett halvår stan-
nade Britt i Tokyo och också där
fick hon nytta av virknålen. Hon
blev vän med tre japanska desig-
ners som hade sin shop inredd i
ett av de större varuhusen. Britt

började göra virkmodeller åt dem
och klarade uppehället genom att
emellanåt extraknäcka som språk-
lärare.

Men reslusten pockade igen,
"Laos" låg i hamn så varför inte
följa med till Bangkok. Väl där
prövade hon på ett nytt transport-
medel — cykel. Tog sig så små-
ningom till Laos och Vientiane,
började få hemlängtan så smått,
for till Hongkong och började se-
dan den långa resan hem.

I juli kom hon hit via Beirut,
Paris, London och Köpenhamn.
Hälsingborg är "hemma" för Britt
nu, för här bor hennes mamma.
Och Hälsingborg känns tryggt och
trivsamt efter alla världsstäderna,
här kan man också jobba, ut-
veckla idéer, leva.

Text: BRITTA HARTNAGEL.

Lik en brokig fjäril pryder designern Britt Pålsson Kullagatan iförd Poncho och långbyxor av egen tillverkning

Artikel från Helsingborgs Dagblad 22 augusti 1970